ヤクザな悪魔と疫病神。

ヤクザな悪魔《あくま》と疫病神《やくびょうがみ》。

茜花《さいか》らら
ILLUSTRATION：白《びゃく》コトラ

ヤクザな悪魔と疫病神。

LYNX ROMANCE

CONTENTS

ヤクザな悪魔と
疫病神。

三上卯月《みかみうづき》は、疫病神だ。

ずっとそう謗《そし》られながら育ってきたし、自分でもまったくそのとおりだと思う。

卯月を産んだせいで母親は亡くなったし、既に父親も亡くしていた自分を引き取ってくれた叔母の家では火元不明の火事で従兄弟《いとこ》が亡くなった。

「あの子が死ねばよかったのに」

そう言われ続けた卯月が学校に通うようになると、初めてできた友達が交通事故に遭った。

大切な人が不幸に見舞われる時、卯月の左胸は針で刺されたように痛くなる。

いつもそうだということに卯月が気付いたのは大学生になってからだ。だけど今更そんなことに気付いたからって、どうなるものでもない。

胸がちくりと痛んだ、その時には既に不幸は起こってしまっている。予兆ではなくて報《しら》せでしかないその痛みは、いつも卯月を憂鬱《ゆううつ》にさせるだけだった。

卯月には、人と親しくなることを避けることしかできない。

誰《だれ》かと深く関《かか》われば、相手が不幸になる。

どんなにか卯月が代わりたいと思ってもそれは成ったためしがないし、運が悪いだけだよと慰めてくれる人がいても運命はそれを嘲笑《あざわら》うかのようにその人さえも亡き者にする。

「あの子が死ねばよかったのに」

ある時は震える声で、ある時は怒りに駆られながらそう繰り返した叔母の言葉を認めるしかなかった。

自分さえ死ねば他《ほか》の誰も傷つくことがないのなら、それが一番だ。

運命なんて正体のないものを恨んでも仕方がない。

自分がこの世から姿を消せばそれで済むんだとつくづく身に染みた。

だからといって死に際まで人に迷惑をかけるわけにはいかない。

飛び降り自殺は道行く人を巻き込む心配があるし、掃除も面倒《めんどう》だ。自動車や電車に飛び込むなんて他人を殺人者にするような真似《まね》は考えられないし、ガスや硫化水素の自殺は他の人の生命をも脅かしかねない。

今まで二十年間生きてきて何もしなくても他の人を不幸な目に遭わせてきたのだから、死のうとするなら完全に一人になれるところじゃないと危険だ。

「となると、やっぱり樹海か……」

人気のない路地を歩きながら、卯月は無意識に呟《つぶや》いていた。

月並みだけど、自殺の名所といえば樹海だ。しかし、樹海でどのように死ぬかといえばやはり首吊《つ》りくらいしか思いつかない。

叔母の家を出て一人暮らしを始めた家賃三万五千円の古アパートの一室で首を吊って大家さんに迷惑をかけるよりは、弛緩《しかん》した体から漏れ出た汚物が森に還《かえ》る樹海の方がまだマシだ。

卯月は小さく息を吐《つ》いて、スマートフォンの小さな画面で青木ヶ原《あおきがはら》樹海までの交通費を調べた。

死にに行くにも、少なくとも片道分の費用はかかる。

叔母を家を出て二年。大学は先日中退したものの、それまで受けていた奨学金も返済しないで死ぬわけにはいかない。保護者である叔母に奨学金の返済を強いれば、死んでまであの子は疫病神だと言われるだろう。

生きるのにも、死ぬのにも金は要《い》る。

しかし人と深く関わりたくないばかりに日雇いのアルバイトしかできない卯月にとって、それは深刻な問題だった。

「っ、頼む！　勘弁してくれ！　悪かった、……悪かったっ！」

と、どこからともなく悲痛な声が聞こえて卯月は足を止めた。

アルバイトの帰り、駅から自宅までの道のりはビルとビルの間の細い裏路地を通るのは卯月の習慣だった。

大通りを歩くだけで誰かと関わり合いになるというわけではないけど、自分がいるせいで交通事故でもあってはたまらない。自分ひとりが犠牲になるならまだしも、何か起こった時に巻き添えを減らすためだ。

もっとも、他人にそんなことを話せば「ありえない」と一笑されるのはわかっている。

だけど卯月の今までの経験からはとてもありえないこととは思えなかった。自分が参加していなくても、高校の修学旅行先では自分の所属しているクラスの観光バスだけが事故に遭ったのだから。

この路地で人とすれ違ったことは今日まで一度もなかった。しかも、切羽詰ったような男の声はとても普通の状況とは思えない。

卯月は人と目を合わさないように長く伸ばした前髪の隙間《すきま》から、慎重に辺りを窺《うかが》った。

先ほどのものとは違う声が、数メートル先の曲がり角から聞こえてきた。低い地を這《は》うような声で、何を言っているのかまでは聞き取れない。

引き返すべきか逡巡《しゅんじゅん》して、卯月は足を止めた。

息をしゃくりあげる、悲鳴にも似た声が響く。通報するべきか。手に持ったままのスマートフォンを握り直して、卯月が曲がり角から視線を逸《そ》らした、その時。

「うわあああっ！」

大きな悲鳴とともに、小太りの男が路地に飛び出してきた。それを、破裂音が追う。

耳を劈《つんざ》くようなその音が銃声だということに気付いたのは、飛び出してきた男の頭から血が噴き出してからだった。

「……！」

息を呑《の》んで、立ち竦《すく》む。

体がさっと冷たくなって背中に汗が滲《にじ》んだ。

左胸の痛みはない。この男のことを卯月が知らないからだろうか。

今までの経験では卯月のせいで人が死ぬ時、左胸の奥が疼《うず》くように痛む。しかし毎日毎時間、世界中で誰かしら人は死んでいる。卯月に関係なく人が死ぬ場合はその限りじゃない。たとえ、目の前で白目を剝《む》いた男が息絶えても。

とはいえこんな風に人が死ぬのを見るのは初めてだ。

事故なんかじゃない。明らかに他殺だ。

殺人現場に居合わせるのはいくら卯月でも初めての経験で、知らずのうちに体が震えてきた。早くこの場を逃げ出したいのに、膝《ひざ》が笑い、足が硬直して動かない。

救急車を呼ぼうという気すら起きない。路地を挟んだビルの外壁に男の血とともに脳漿《のうしょう》が飛び散っている。即死であることは卯月でもわかる。

一瞬のうちに男が絶命し、静かになった路地に乾いた足音が聞こえた。

それ以外には、卯月自身の心臓の音が内側から鈍く聞こえるだけだ。呼吸も浅くしか継げない。

足音が近付いてくる。

すっかり日は落ちているのに街灯の明かりさえ届かない、道とも言えないような狭い路地だ。逃げる場所なんてない。

「――……誰かいるのか」

低い、くぐもった声が卯月の耳を舐《な》めた。

状況からして、この声の主が卯月の目の前で息絶えている男を殺害した人間であることに間違いない。だけど不思議とその声は甘く、懐かしささえ感じるような気がする。

卯月の身の回りの事故や死亡者の多さに気付いた人から死神や人殺し呼ばわりされることはあっても、卯月が実際に人を殺したことはない。とても殺人者に親近感なんて覚えるはずもないのに。

何故《なぜ》か、卯月の手の震えが収まっていく。殺人者の足音はゆっくりと近付いてくる。

明かりのない暗がりから、のっぺりとした影のような黒いスーツの男が姿を現した。

年頃《ごろ》は三十代前半というところか。想像したよりも若い。暗くてわかりにくいが、皺《しわ》のない綺麗な顔をしている。長身で、目鼻立ちのはっきりとした日本人離れした容貌《ようぼう》だ。その姿を見るとなおさら、卯月の恐怖心は薄れていった。

とても人を殺すようには見えない。濡《ぬ》れたような黒いスーツに、手袋。その手には拳銃《けんじゅう》が握られているのも見えているのに、もしかしたらこれはドラマのワンシーンなんじゃないかと思うくらい男の顔立ちは整っていたし、現実離れして見える。

「運が悪かったな」

呆然《ぼうぜん》と立ち尽くした卯月の姿を認めると男は芝居がかった仕種《しぐさ》で首を竦めて、卯月に向かってゆっくりと歩み寄ってきた。

途中で、自分が殺した男の頭を蹴《け》りつけて死亡を確かめる。人を殺すことに慣れているようだった。

「こんな物騒な路地裏をうろついたりするからこんな目に遭うんだ。まあせいぜい、来世では気をつけろ？」

暗がりでも妖《あや》しい光をたたえた男の双眸《そうぼう》が、ゆったりと細められた。肉厚で大きな唇が左右に割れて、男が屈託ない笑みを見せる。と同時にまだ硝煙《しょうえん》を上げている銃口が卯月を覗《のぞ》き込んだ。

こんな状況だというのに妙な安堵《あんど》感さえ覚えていた卯月の背筋が、ピリッと痺《しび》れた。

――ここで自分は死ぬのか。

五十メートルと離れていない場所から拳銃を構えた男は、引鉄を引くことに躊躇《ちゅうちょ》しないだろう。

自殺するのに依頼殺人を考えたことはないけど、この男なら卯月一人殺したところで迷惑にはならないかもしれない。犯罪を目撃された男はやむなく卯月を殺すのだし、自分が死ねば彼も安心する。

こんなところに自分の死に場所が用意されているとは、考えたこともなかった。

卯月は向けられた銃口を見つめて、大きく息を吐き出した。

「なんだ？」

自分がどんな表情を浮かべているのかは知らない。しかし男は逃げも震えも命乞《いのちご》いもしない卯月の反応を訝《いぶか》しんでいるようだった。

気味悪がられようとなんだろうと、関係ない。卯月を生きたまま逃がせば警察に駆け込まれるかも知れないと思えば、男は卯月を殺さざるを得ない。

この世に生まれてきて、今初めて幸運に恵まれたと感じた。

自然と、唇に笑みが浮かんでしまう。

心から笑ったのなんていつぶりかも覚えてない。

反対に銃を構えた男が笑みを掻《か》き消して、目を眇《すが》める。卯月の顔の半分を隠した前髪の奥を窺うように、目を凝らしているようだ。

「気にしないでください。……ようやく、死ねるんだと思って」

さあどうぞと言わんばかりに目を閉じて、卯月は胸いっぱいに息を吸い込んだ。今さっき死んだばかりの男の血臭が混じっているけど、気にしない。もともとこの世の最後の記念になんて何も望んでいなかった。自分の大切な人をこれ以上傷つけないために死ねることが何よりの望みだったんだから。

「なんだお前、死にたいのか？」

目を閉じていくら待っても、銃声は聞こえなかった。

それどころか怪訝《けげん》そうに問いかけられて、卯月は渋々片目を開いた。気付くと男は銃口を下げ、歩み寄ってきている。苛立《いらだ》ちが卯月の胸を擽《くすぐ》った。

「死に場所を探してたんです。どうせ死にたいと思っていたので、早く殺してください」

「どうして死にたい？」

黒いスーツの内側のホルダーに銃をしまって、男は空いた手を卯月に伸ばした。

殺してくれるなら、銃で一思いに——じゃなくても構わない。首を絞められて苦しもうと、嫌というくらい殴られて殺されようと、死んでしまうなら同じことだ。

「っ、どうしてでもいいだろ。早く殺せばいいじゃないか。俺《おれ》を逃がしたら、あなたが殺人犯だって警察に言うぞ」

男の手が卯月の長い前髪を掻き上げるのと、苛立った卯月が声を荒げるのとほとんど同時だった。

久しぶりに明るくなった目の前に、男のきょとんとした表情が飛び込んでくる。そうしていると、三十代よりももう少し若く見えた。

掠《かす》れた声をあげた卯月が男の顔を精一杯睨《にら》みつけると、一瞬の間の後、男は声を上げて笑った。

とても殺人事件現場とは思えないくらい辺りを憚《はばか》らない声で、快活な笑い声だ。今までそんな風に朗らかに笑ったことのない卯月にはそれさえ、馬鹿《ばか》にされているように感じた。

何も聞かずに殺してくれればいいのに、一刻も早く殺してくれればいいのに。

知らず卯月は左胸を抑えて、男に詰め寄った。

「早く、口封じのためでも何でもいいから俺を――……」

「殺してくれと脅されたのはさすがに初めてだ」

可笑《おか》しそうに声を震わせた男が、掻き上げた卯月の髪を握る手に力をこめた。頭上の鈍い痛みに、反射的に顔が歪《ゆが》む。

「――別に、殺さなくたって口封じはできるんだぜ」

屈託なく笑っていたかと思うと、男が急に声を低める。

鷲掴《わしづか》みにされた髪を引き寄せられ鼻先が擦《こす》れるくらい近くで顔を覗きこまれると、再びぞっとした冷たいものが卯月の背筋を這った。

男の目が妖しい光を帯びる。

詰め寄ったのは卯月のはずなのに、まるで獰猛《どうもう》な獣に追い詰められたような気分になった。

「な……に――……」

殺してくれと頼んでいるんだから、殺せばいいものを。

そう言ってやりたいのにみっともないほど唇が震えてしまう。その口元に男の吐息を感じる。死の恐怖なんて感じないと思っていたのに、本能的に体が緊張する。

縋《すが》るように握り締めた左胸のシャツの中で、心臓が強く打っている。どうしようもなく、生きている証拠だ。嫌気がさしてくる。

「い、……いいから、早く殺し――……」

「ああ、殺してやるよ。まあ、そのうち」

男の目を直視していられなくて視線を逸らした卯月に、男がにたりと笑って応《こた》えた。

「っ、何言って……！　今殺さなければ警察に行くって、」

「警察に駆け込んだら死ねないぜ？」

「！」

卯月の前髪を離した男の手が肩を摑んで、ビルの薄汚れた外壁にしたたか背中を押し付けられた。

男の腕はしなやかで細く見えたが、腕力は相当なもののようだ。

今まで人と交わるまいと努めてきた卯月は殴り合いの喧嘩《けんか》もしたことがないけど、こんな優雅な顔をしてこの男は喧嘩も強いのだろう、とそう思わせた。

「警察なんかに助けを請えば、あいつらは自分たちの名誉にかけてお前の命を守るだろうよ。普通の人間は一分一秒でも長く生きたいと願ってるからな。さっきの男もみっともないくらい命乞いをしてたろ？　聞いてなかったのか？」

人の命をあっさりと奪っておいて、それをなんでもない笑い話のように扱う。

学生生活の中で、人の死を遠いおとぎ話のように感じている同世代の人間がそんな風に不謹慎な言葉を口の端に乗せているのを見たこともあるけど、この男は違う。実際に自分の手で人を殺している

のに。

目の前にいる男の不気味さを改めて感じて、卯月は無意識に眉《まゆ》を顰《ひそ》めた。

「お前、死にたいってのは嘘《うそ》か？」

「嘘じゃない！」

男の雰囲気《ふんいき》に負けじと声を張り上げると、冷え切っていた体の奥から熱が湧《わ》き上がってくる。

「俺は別に警察に助けを請いたいわけじゃない。……あんたに、早く殺してくれって頼んでるだけだ」

どくどくと脈打つ心臓から血が巡って、指先まであたたかくなってくる。早く凍りつくほど冷たくなってしまいたいのに。肩を摑んだ男の掌《てのひら》の下から熱が注ぎ込まれてくるようだ。

男の手は卯月の骨を砕こうとでもしているように指先を食い込ませてくる。痛みで頬《ほお》が引き攣《つ》るけれど、やめてくれと言う気はない。

「……あぁ、殺してやるよ」

ざらついた壁に卯月を押し付けた男が、体の距離を詰めて艶《なま》めかしく囁《ささや》く。

それはまさに死神の誘惑とでも言うべき甘い声に聞こえて、卯月は喉《のど》を鳴らして唾《つば》を飲み込んだ。

「だがそれは、俺が十分に楽しんだ後だ」

「っ、!?」

一瞬男に魅入られたように恍惚《こうこつ》としかけた卯月の呼吸を、生暖かいものが塞《ふさ》いだ。

目を瞠《みは》り、声を上げようとしてもくぐもったものにしかならない。目の前には男の端正な顔立ちが、焦点が合わないくらい近くにある。何が起こったのか理解できないまま、卯月は男のスーツの胸に手をついていっぱい力をこめた。しかし、びくともしない。

それどころか声を上げようとした口内にぬるりとした熱いものが滑り込んできて、卯月は反射的に首を振った。

男の顔を振り払おうともがく卯月の顎《あご》を、乱暴な手が抑える。肩と同じように骨まで軋《きし》むような力で摑まれて、卯月はたまらずに歯列を開いた。すると、舌の付け根まで濡れたものが潜り込んできて粘ついた水音が響いた。

「……っ、んぅ……！」

目を瞑《つぶ》り、手をかけたスーツを力なく叩《たた》く。

身をよじろうとしても、肩を抑えられていて思うようにならない。咄嗟《とっさ》に蹴りつけてでもやろうかと足をばたつかせると、膝の間に男の長い足が割り込んできた。

「イ、……っぅ！」

ゴリ、と男の膝が卯月の中心を押し上げた。

考えるよりも先に体に緊張が走る。

楽しむ？

まさか、という気持ちが脳裏を過《よ》ぎる。

確かに卯月の身長は低いほうだが、こんな貧相な体で女に見間違えられるはずもない。もしこの暗がりのせいで卯月の容姿がよく見えていないのだとしても、声だって別に高いほうではないし「俺」とも言っている。

何より、今男が自ら卯月の膨らみを確かめたばかりだ。

「さて、と……お前、経験は？」

唾液《だえき》の糸を引きながら顔を離した男は、揶揄《やゆ》するような声で尋ねながら舌なめずりをするように自身の唇を舐めた。

遠い往来から時折届く車のヘッドライトに反射して、男の唇が濡れて光る。

「経、験……？」

「まあ、ないだろうな。顔の造作は悪くないのに、もったいない」

混乱するばかりの卯月の顎から男の手が離れて、くたびれたシャツの上をまさぐるように滑り降りる。肩を摑む乱暴な手とは裏腹なやたら優しい手つきに、卯月は思わず身を震わせてしまった。

「そ、ん……っそんなこと、あんたには関係ないだろう！」

胸の上を確かめながら下った男の手がシャツの裾《すそ》まで辿《たど》り着くと、まるで焦《じ》らすようなゆったりとした動作で指先が中に忍び入ってくる。慌てて男の手を押さえようとしたが、肩を摑んだ手に力を入れられると卯月は痛みに呻《うめ》いた。男が喉の奥で低く笑う。

「関係ないわけないだろう？　お前の最初で最期のセックスだ。多少はお互い楽しめたほうがいい」

「セ、ッ……！」

かっと顔が熱くなる。

シャツをたくしあげながら素肌の上をのぼってこようとする男の腕を、卯月は夢中で殴りつけた。首を竦め、必死で足をばたつかせる。そのたびに男の膝が股間《こかん》に食い込むようだったが、なりふり構ってはいられない。

「何だ、嫌なのか？　別にいいじゃないか。どうせ死ぬんだからこれくらいなんでもないだろ」

卯月が抵抗しようとするほど、男は愉快そうに唇の端を引き上げて肩を震わせている。卯月の拳《こぶし》なんて蝿《はえ》が止まった程度にも感じていないようだ。

「っ……！　死んだ後に、すればいいだろ……っ」

「屍姦《しかん》か、それも悪くないな。生きたままシて、殺した後でも楽しませてもらおう」

卯月は臍《ほぞ》を噛《か》むような思いで、前髪の隙間から男を精一杯睨み付けた。

「ふざ……っけるな……っ！」

反対に男の股間を蹴りつけてやろうと身をよじり、膝を突き上げる。いくら屈強な男でも急所であることは免れられないし、これで怒りを買うことができれば殺してもらえるだけだ。あるいは一瞬の隙をついて逃げられるなら、それでもいい。そういうつもりだった。

決死の思いで勢いよく足を振り上げた、つもりだった。

しかしそれは男に察知されていたかのように足を挟みこまれ、威力を消された。それどころか、男の熱くなった腰がすり寄ってくる。

「……っ！」

「先に俺に火をつけたのはお前だろ？　つれないな。……まあ抵抗して見せるくらい、可愛《かわい》いもんだ」

卯月の腰を突き上げるように熱いものを押し付けながら、男の濡れた唇がまた近付いてきた。

咄嗟に顔を背けると、首筋に咬《か》みつかれた。

「イ、……っ！　や、め……っ！　火なんて、俺は、……っ！」

男の肩を、腕を背中を闇雲《やみくも》に殴りつける。しかし男は痛みなんて感じないかのようだ。

「俺を脅すような人間に出会うのは久し振りなんだよ。お前にその気がなくても、俺は十分煽《あお》られた。ちょっとくらい死ぬのが遅れるだけだ、神に祈りでも呪《のろ》いでも唱えてりゃ終わるよ」

笑い声すら交えながら、男の指先が卯月の脇腹《わきばら》を撫《な》で、胸の筋の上を滑ってゆっくりと乳首に近付いてくる。

男の言うとおり、卯月に性経験はない。

他人と関わるだけでその人を不幸な目に遭わせることがわかっているのに、恋愛はおろか肉体関係だって築けるわけがない。そんなこと一生できないほうがいいんだと、望むことすらしてこなかった。だけど、こんな男と経験するのは、真っ平ごめんだ。

「嫌、だ……っやめろ、やめ……っ！」

すり寄せられる腰から逃れ、汚れた壁を掻いて身をよじる。歯を立てた首筋に舌を這わせた男の唇が笑っているのがわかって、卯月はぞっとした。

「こんなことが死ぬよりつらいことだとでも思ってるのか？　そりゃ思い違いだ、死ぬほど気持ちよくしてやるよ」

く、く、く……と低い男の笑い声が藍色《あいいろ》を垂らしこんだ夜の空に響く。本当に、卯月が震え上がっているのが可笑しくてたまらないといったようだ。

「そんなに震え上がんなくたって、痛めつけたりはしない。俺はセックスは健全に楽しむタイプでね」

そう言った男の手が卯月の下肢に伸びると、優しく下から掬《すく》い上げるように撫で上げていく。すりきれたジーンズの中にしまわれたそれの形を確かめながら指を這わせて、先端を見つけると特に念入りに捏《こ》ねるように撫でる。

「い、やだ……っ！　やめろ……」

身をよじり、男の手から逃れようとする。しかしそんな緩やかな抵抗で男が諦《あきら》めるはずもない。

卯月が恐れを抱いているのは男もよくわかっているだろう。卯月が少しでもまた暴れるような真似をすれば手の中のものをちょっと強く握るだけで卯月が怖気《おじけ》づくのを知られている。

恐怖心で、男に支配された。そう感じた。

死は、イチかゼロかの明確な選択だ。だけどこの男が卯月にどんな酷《ひど》いことをしようとしているのかわからない。それが恐ろしい。

粟立《あわだ》った肌の上を撫でる男の手が、卯月の左胸の突起を掠める。

「……っ、」

ぴくん、と思わず背筋を震わせて卯月は目を瞠った。

体の中がざわつく。

からからに渇いた喉に唾を飲み込んで視線をさまよわせると、男も目を眇めていた。

「お前、……何か契約してるのか？」

「何……かって、何——……っぁ、ぅ……！」

尋ね返した矢先、乳首を摘《つま》みあげられて卯月は身を仰《の》け反《ぞ》らせた。長く伸ばした前髪が揺れて、頭をビルの外壁に擦《こす》り付ける。

男の指先に捕らえられた胸の先から、今まで感じたことのない電流のような痺れが走った。小さな突起を扱《しご》き上げるように男が指を動かすと、そのたびにビリビリとしたものが卯月の体を走って、とてもじっとしていられない。

「い、あ……っやめ、やめ、ろ……っ！」

いやいやと首を振りながら、一度反らした体を丸めて男の手ごと胸を抱え込む。胸から生まれた痺れは脳天から足の爪先《つまさき》まで大きなうねりを伴って何度も湧き、特に男がやんわりと握りこんだ股間のものを突き動かすようだ。

「――あァ、……お前、ここが感じるんだろう。なあ？」

背中を丸めた卯月の耳元に唇を寄せて、男が囁いた。まるで知っているかのような口ぶりだ。

体を小刻みに震わせながら答えずにいると、男が硬く勃《た》ちあがった乳首の先端を押し潰《つぶ》すように指先を伏せる。

「イ……っあ、あ……っあ、やめ……っ！」

卯月は声を上ずらせながら再び身をよじり、背中をビルの壁に押し付けた。

無防備になった胸の突起を摘み上げながら、男が卯月のシャツを捲《まく》り上げる。冷たい外気に一瞬身震いしたものの、卯月の体はいつしか熱くなっていたようだ。すぐに心地よさに変わった。

「そうか、……お前が死にたがってるのは、これのせいか？」

シャツを捲って卯月の胸を覗き込んだ男が、双眸を細めて独り言のように呟く。

卯月は自分の身に起こっているのが何なのかわからないまま浅く呼吸を弾ませながら、力なく男の手を掻いた。

「これのせい、って……何を、言って――」

卯月が死にたい理由なんて、この男にわかるはずもない。

しかし妙に確信めいた男の呟きに男の表情を窺うと、男はすぐに妖しい微笑《ほほえ》みを唇に蘇《よみがえ》らせた。

「いいや、別に？」

何でもないという口ぶりではない。かといって詰問する前に摘み上げられた突起の先端を吸い上げられると、卯月はその場に崩れ落ちそうなわななきに襲われて、言葉も継げなくなった。

「ますますお前のことが気に入った。すぐに殺してやるつもりだったが、やめだ。俺のおもちゃにしてやるよ」

「やめ、……って……！」

冗談じゃない。

さっきまで体の力が抜けていくような妙な感覚に身を任せそうになっていた卯月はぞっとして、胸にある男の頭に手をかけた。

「ふざ、けるな……っ！　誰が、お前の……！」

自分は一刻も早く死ななければいけない。そうすることが自分以外の誰かのためになる。ずっとそう思って生きてきた。

卯月はつい先日も交通事故に遭った知人のことを思って、胸の中が真っ黒に塗り潰されるようなあの絶望感を思い出していた。卯月なんかに話しかけなければ、卯月がそれに応じたりしなければ、友人のように親しく感じなければ、交通事故になんて遭わずに済んだかもしれないのに。

こんな不気味な男の相手をしている暇なんてない。早く、消えてしまわなければ。

「俺は冗談を言ったためしは一度もなくてね。俺がお前を俺のものにすると言ったら、それは絶対だ」

卯月の乳首を舌先に乗せて視線を上げた男の手が、ジーンズの中央を開いて中に滑り込んでくる。

「っ、！」

執拗《しつよう》な胸の刺激に触発されて否応《いやおう》なしに頭を擡《もた》げたそれを男の手に直接触れられると、卯月は唇を嚙んだ。

男は器用に卯月のものを下着から掬い上げ、ファスナーの外に引きずり出していく。嫌だ、と大きく首を振っても、男は一顧だにしない。

「嫌だ嫌だとうるさいくせに、先端が濡れてるな」

ジーンズの中からはみ出させたものは、外気に触れることなく男の熱い掌の中に包まれたままだった。その先端をくりくりと刺激した男が、糸を引いた指先を覗き込んで笑う。

「……！　違う、……っそれ、は」

「てっきり俺が怖くて縮み上がってるもんかと思ったけどね」

後半はまた独り言のように小さく呟きながら、男が手の中の卯月のものを性急に擦りあげていく。

「ぃ、ぁ……っちょ、っと待っ……っ！　ぁ、嫌、だ……っぁあ、っあ……！」

男の言うとおり、卯月のものは意志に反して先走りを零《こぼ》していたようだ。男が容赦なく掻き上げる手元から、すぐに濡れた音が聞こえてくる。

男の肩に手をかけ、精一杯押しのけようとしても腕に力が入らなくなっていく。地団駄を踏むように足をばたつかせると、その場にくずおれそうになった。その体を男がビルに縫い付けるように支えて、また左の乳首を吸い上げる。

「ん、ぅ――……っぁ、あ……っやめ、……っぇ、ぁ、あ……っ！」

初めて他人の手で高められていく性感と、胸の上の痺れが同時に起こると卯月はどんなに歯を食いしばって男を拒もうとしても、たまらずに腰を揺らめかせた。

「お前、今まで誰にもこんなことをさせたことがないんだろう？　ずいぶん快感に弱いじゃないか。自分がこんなに感じやすいってことも知らなかったはずだ。ずっと、一人で生きてきたんだからな」

「！」

乳首から唇を離すと屈《かが》めていた体を起こした男が、卯月の人生をまるで見透かしたような目で見下ろした。

ぎょっとして顔を仰ぐと、唇を塞がれる。

「んぅ……っ、んん――……っん、ん」

卯月のことなんて、誰もわかるわけがない。

それなのに、どうして今まで一人で生きてきたなんて初対面のはずのこの男が知ったような口を利くのかわからない。

「わかるさ」

一方的に押し付けた唇を一方的に解いて、男が睫毛《まつげ》を伏せたまま呟く。

「俺も、一人だったからな」

一瞬悲痛に聞こえた男の声に、卯月の胸が思わず震えた。

「ほら、捕まってろ」

男の手が背中に回って卯月はビルの壁から引き剝《は》がされると、黒いスーツに顔を埋《うず》めた。と同時に、卯月のものを逆手に握り直した男の手が激しくなってぬるぬると滑るように舐めていく。

「っぁ、あ……っあ、嫌だ、……っ嫌、ぃ、……っぁ、ぁあ、あ……っ！」

どうしようもなく突きあげてくる衝動に卯月が短い声を漏らしても、男のスーツに染み込んで、路地には響かない。いっそ男の耳にも届いていないんじゃないかと期待にも似た気持ちに身を任せて、
卯月はスーツにしがみついた。

内腿《もも》が痙攣《けいれん》して、下腹部が断続的に緊張する。

卯月を扱き上げる男の指の間から汁が糸を引いているのがわかった。唇を何度噤《つぐ》んでも、弛緩して

しまう。腰が引けて、その場にへたり込みそうになるのを男の手が抱え直した。

「ぁ、――……もう、っ出――……っ！」

ガクガク、と自分でも抑えきれない大きなわななきが卯月の体を襲った。

次の瞬間、吹き上げるものを押さえようとした男の掌が先端を覆うと卯月は息を詰めて硬直し、その手の中に白いものをどっと吐き出した。

「はぁ、……っは、ぁ……はぁ、……っ」

大きなうねりに攫《さら》われて精を迸《ほとばし》らせた後も、何度も体がひとりでに震えて残滓《ざんし》を吐き出す。男の手もそれを搾り取るようにして、ゆっくりと撫でてくれた。

「ずいぶんたくさん出たな。まさか自分で処理することすらしてないのか？」

「……どうだっていいだろ、そんな、こと」

ようやくのことで卯月自身から手を離した男のスーツから身を起こし、弾む息を押し隠す。

どんなにか声を殺していたつもりでも思い返すとあられもない声を上げていたような気がしてきて、一刻も早くこの場から逃げ出したかった。

男が卯月を逃してくれるかどうかは知らない。逃さなくてもいい。殺してくれさえすれば。

「――……用は済んだだろ、もう……」

気恥ずかしさに顔を伏せ、男の肩を押し離す。今度はさっきまでと違ってあっけなく離れてくれた。

急に肌寒さに襲われて卯月が捲り上げられたシャツの前を下ろそうとすると、男が再び肩を摑んだ。

「っ」

触れられただけで鈍い痛みが走る。痣《あざ》にでもなっているのかもしれない。弾《はじ》かれたように男の顔を仰ぐと、視界が一転した。

叩きつけるような勢いで体を反転させられ、視界が一面壁になる。

「っ！　……何」

振り返って男の顔を窺おうとするとその頭も押さえつけられて、ざらついたコンクリートの壁に頰が擦れた。

「用は済んだか、だと？」

背後で、男が低く囁いた。壁に手をついた卯月の下肢に、男の手がかかる。

嫌な予感がして咄嗟にジーンズを抑えようとしたが、遅かった。ファスナーが開いたままの服を一瞬早く男が引き下げて、腰を押し付けてきた。そこは依然、熱く息衝《いきづ》いたままだ。

「俺はまだ何も楽しんじゃいない」

男が冷酷な表情を浮かべているのが、振り返らなくてもわかる。

卯月はぎこちなく、首を振った。

この男に何を言っても無駄だ。さっきの中年男が命乞いしてさえ、男は聞く耳を持たなかったんだから。それはわかっているのに、諦める気にはなれなかった。

「い、……嫌だ、あんたみたいな人なら女にだって困らないだろう、どうして俺なんか――」

「言っただろう、お前は俺のおもちゃだ。遊びたい時に遊びたいようにさせてもらうさ。安心しろよ、死ぬより痛いことはしないから」

背後から快活な笑い声が聞こえるのと同時に下着の中にひやりとしたものが入り込んできた。思わず過敏に竦み上がると、それを男が嘲《あざけ》った。体を揺らして笑っているのが、壁にうつりこんだ不気味な影でわかる。

「おもちゃ、……って」

愕然《がくぜん》とした卯月の双丘を、濡れたものが這って不自然に押し広げていく。下着の中にねじ込まれたのは卯月自身の精を纏《まと》った男の手だ。

それがわかった瞬間、卯月は弾かれたようにその手から逃れようとして、身をよじった。どんなに暴れても男の腕力から逃げ出せないと頭の隅ではわかっていても、そうしないではいられなかった。

「い、嫌だ、……っやめろ、やめてくれ……っ、頼む、から」

何だって自分ばかりこんな目に遭わなければいけないのか。ただ死にたいだけなのに。

世の中には生きるためなら何をされたって構わないと思う人もいるだろう。でも卯月は違う。死ぬことが望みで、それ以外の苦痛は屈辱でしかない。

まして、快楽なんて。

「――……っ、！」

肉付きの悪い薄い卯月の下肢をなぞった男の指先が、徐々に熱を帯びて谷間の奥へと近付いてくる。何故だかわからないまま卯月の体は反射的にひくんと震え上がって、蕾《つぼみ》を収縮させた。

「うん？　どうした。ヒクついてるな」

筋肉質な体を重しのようにして卯月の上体を押さえ付けた男が、耳元で意地の悪い声を上げる。卯月は額を壁に擦《こす》り付けるようにして頭《かぶり》を振った。

「違う……っふざける、な……っ俺は、そんな……っ！」

さっき果てたばかりの前がひとりでに先端を震わせ始めるのを自覚すると、卯月はそれを振り払うように掠れた声を張り上げた。

こんなことで体が反応を示すなんてことありえない。あってはならない。本当に嫌だと思っているのに。

「俺は、あんたのおもちゃなんかじゃない……っひ、人は、おもちゃなんかじゃない！」

ずっと一人で生きてきたなんて、この男の甘言に少しでも隙を作った自分が馬鹿だった。

卯月はこれ以上人を傷付けないために一人で生きてきたのだ。他人を自分の快楽の道具にして嘲っているこの男とは違う。卯月は自分で望んで他人を傷付けたことは一度もない。

それなのに、どうしてこんな。

悔しさで涙が滲んできそうになって、卯月は熱くなった目蓋《まぶた》を強く瞑った。

「あんたが一人なのは、その性格のせいだろう！」

「ははは、そうかもな」

背後で、あっけらかんと男が笑う。

卯月の投げつけた言葉に激昂《げっこう》するでもなければ、言い返す気もないようだ。それどころかノックするように表面を擦っていた指先が、ゆっくりと体内に入ってくる。

「――……っぁ、……ぅ、く……ろす、殺す……っ」

指がねじ込まれた分だけ押し出されるように、思わず呻き声が漏れた。それを誤魔化《ごまか》すように呟くと、男がわざとらしく耳を寄せてくる。

卯月は背後の男を視線だけで振り返った。

「殺す、……っ殺す！　お前なんか、……っ殺してやる……！」

こんなに強く怒りを覚えたのは生まれて初めてだ。

今まで怒りを知らずに生きてきたわけじゃない。卯月だって好き好んで他人の不幸のそばにいるわけじゃないのにと怒りを覚えたこともある。だけど結局のところは、自分が人と関わらなければいいんだと思えば、怒りは自分自身に還ってきた。

自分以外を純粋に憎むのは、初めてかもしれない。

頭がぐらぐらと煮え立つようで、眩暈《めまい》がした。

「殺してやる、……っ殺し、っ……！」

本来誰にも触れられるはずのない柔肉を男の無骨な指で撫で擦られて、卯月の体が羞恥《しゅうち》で熱くなっていく。

「お前、呪いもできるのか？」

まるで我が物顔で下肢をまさぐりながら、反応を窺うように男が卯月の顔を覗き込んできた。

今自分がどんな顔をしているのかもわからなければ、男の目に晒《さら》したくもない。卯月がうつむいた顔を背けようとすると、顎を捕まれた。

「っ！」

有無を言わさず振り向かされたかと思うと、下肢の指がずぶりと根元まで突き刺さったのがわかった。

目を瞠って、息を呑む。しかしその唇も男に塞がれて舌をねじ込まれた。

「う、――……っんぅ……っ、ん、ん――……っ！」

派手に水音をたてながら、男が卯月の舌を吸い上げる。

嫌がって身をよじると、肉襞《ひだ》を擦る男の指が前後に揺れて体内を掻き混ぜられるようだ。ぞっとするような嫌悪感と、下肢から突きあがってくる言いようのないざわめきで肌が粟立つ。

卯月は片手で壁を掻きながら、もう一方の肘《ひじ》で男の体を引き離そうとした。しかし男の体は密着して、指先で暴いた卯月の腰に自分の熱を寄せている。

「俺を呪い殺そうったって、無理な話だ」

唾液の糸を引いて唇を離した男が、鼻先を交差させるように顔を寄せたまま卯月の目を覗き込んだ。

男の瞳《ひとみ》は、変わった色をしていた。

青味がかった緑色の虹彩《こうさい》をしていて、瞳孔《どうこう》はくすんだ黄色をしている。こんな目の色の日本人には会ったことがなくて、卯月は思わずその目を見つめ返してしまった。

「――俺を殺すことはできない」

男が、囁いた。

その瞬間、指で押し広げられた肉蕾に、焼け付くような熱が押し付けられた。

「ひ、ぁ……っや、め……っ！」

振り返って確かめるまでもなく、それが何なのか本能的にわかった。

卯月が男の瞳の色に見蕩《みと》れていた一瞬のうちに男が自分のものを寛《くつろ》げ、双丘を探るように先端を擦りつけて来る。指先は肉襞の感触を惜しむように何度も体内で蠢《うごめ》きながら、ゆっくりと引き抜かれていった。

「嫌だ、……っやめ、頼む、から……もう、」

男の指が引き抜かれて違和感が去ると、入れ違いに入口に硬いものが触れる。

卯月はもはや祈るような気持ちで、早くこの男が自分のせいで死んでしまえばいいのにと願うほかなかった。

実際のところ、他人に死ねと望んだことなんて一度もないからそんなことが有効なのかどうかも知らない。だけど卯月に関わって平気だった人なんていない。この男だって例外じゃない。

殺すことはできない、なんてただのはったりだ。

「……！」

背後で息を詰めた男が、ゆっくりと腰を沈めてきた。

「ぁ、……あ、う」

肉が裂けるようなひりひりとした痛みと、ひどい違和感が背筋を駆け上がっていく。

濡れた手を卯月と壁の間に滑り込ませた男が、さっき嫌というほど弄《もてあそ》んだ乳首を再びまさぐり始めた。

「あ、……っく、ぅ……ふ」

嫌だと身をよじりたいのに、男のものを銜《くわ》え込んだままでは身動《みじろ》ぐこともできない。

「――――ぁ……！　あ、あ……っ」

反射的に、甲高い声が零れた。

背筋を駆け上がる痺れに体を仰け反らせると、男の腰がまたぐっと突き入ってきた。男の指さえも届かなかった奥が押し広げられると、痛みとも疼きともつかない感覚がある。それが怖くなって逃れようと腰を引くと、さらに男が突き上げてきた。

「ぃ、あ……っあ、ぁあっ」

いやいやと首を振る。

嫌だという意思表示のつもりだったが、もしかしたら体が感じ始めているものが快感ではないと自分に言い聞かせたいのかもしれない。

「なんだ、ずいぶん感じやすいじゃないか」

しかしそんな卯月を否定するように男が笑った。その声も荒い息を弾ませ始めている。

「違う、……っ感じて、なんか」

「そうだな。初めてのセックスが屋外で、しかも男に犯されて感じるはずなんてないよな？」

そう言うなり、男が大きく腰を引いたかと思うと間を置かずに力強く突き上げてきた。

「ひ、っぁ……！　ぁあ、あ……っ」

びくびくっと大きく体が震えて、その場に崩れ落ちそうなほど体に力が入らなくなる。それなのに四肢は緊張したように強張《こわば》って、思うように壁に縋り付いていられない。

深々と埋め込まれた男の熱が体内で力強く脈打っている。

卯月は大きく開いた唇から荒く息を弾ませて、自分の体がどうしてしまったのかと狼狽《ろうばい》した。

「お前、名前はなんと言うんだ？」

知らず上体を屈ませて辛うじて立っている卯月の上に覆いかぶさった男が、長く伸ばした襟足からのぞく首筋に唇を這わせてくる。

「べ、つ……に、名前、なんか……っ」

男が言うとおり卯月を本当におもちゃにするつもりなら名前なんて知る必要もない。おもちゃにするなんて戯言《ざれごと》に過ぎないとしても、どうせことが済んだら殺されるだけだ。

名前なんてどうだっていい。

こんな行為に何の意味もないんだから。

「名前ってのは大事だぜ。それで相手を束縛することができる。言霊ってやつだ」

「だ、……ったら、余計あんた……なんかに、言うもん、か」

壁に手をつき這い上がるようにして上体を起こすと、せめてもの抵抗とばかりに男をもう一度睨み付けた。

男は一瞬目を瞬《まばた》かせて見せたあとで、すぐに双眸を細めて微笑むと卯月の腰を両手で押さえて勢いよく腰を打ち付けてきた。

「んぁ、……っ！　ぁ、ああ……っぁ、っあ、あ」

不意打ちされて、膝がガクガクとわななく。立っているだけでもやっとという卯月の最奥《さいおう》に剛直の先端を擦り付けて、男が腰を揺さぶり始めた。

「い、っあ……！　っふ、……ぅ、く……っ！」

歯を食いしばっても、体を揺さぶられるたびにかたく噤んだ唇の間から声が漏れてしまう。掌で口元を覆う。息を殺し、体に力を入れようとしても男のものが少しでも身動ぐと全身がゾクゾクとして自分のものではなくなっていくようだ。

「ほら、言うとおりにしないと終わらせてやらないぜ？　こんなこと、早く済ませたいだろう？　強情張ってないで、名前くらい言えよ」

片手を口元にやったせいで、上体を支える力が抜けて壁に凭《もた》れた体が沈んでいく。

それでも嫌だと卯月が首を振ると、男が勢いよく腰を打ち付け始めた。

ついさっきまで入口の部分にあった肉の裂けるような痛みが、男が太い部分を過ぎらせるたびに言い得もしないざわめきに変わっていく。

窄《すぼ》まった部分を舐めるように抽挿《ちゅうそう》されて知らずのうちに肉襞を震わせた卯月の奥を男が見透かしたように突き刺すと、腰のぶつかり合う音が路地に響いた。

「あ、……あ、っ……ぁあ、っあ……」

ヤクザな悪魔と疫病神。


壁に爪《つめ》を立てても、腰から崩れ落ちそうになる。

「わ、……わかった、名前を言う、から……っもう、……！」

震えた声で懇願すると、擦り合わせた腰を止めた男がしっかりと卯月の下肢を抱いたままようやく動きを止めた。

「俺は、佐田竜二《さたりゅうじ》だ。お前は？」

顔を伏せていても、佐田の満足そうな表情が見えるようだ。

やっとのことで動きが止まったというのに卯月の心拍数は収まる気配もないし濡れた唇から洩《も》れる吐息も震えている。しかしそれを悟られないように努めて平静を装って、卯月は慎重に口を開いた。

「み、三上……三上、卯月」

「卯月か」

耳朶《じだ》のすぐそばで、佐田が囁いた。

名前で相手を束縛できる――というのがどういう意味なのかはわからない。

だけど、言霊というのがどういうものかはわかる。

卯月は物心つく前から叔母に疫病神疫病神と疎まれ続けてきて、自分でもそうなんだろうと思い込まされてきたような気がする。自分のせいではないんだと何度振り払おうとしても、近しい人に何か起こるたびに叔母の言葉は信憑性《しんぴょうせい》を帯びて卯月を徐々に絡め取っていった。まるで呪縛《じゅばく》のように。

「卯月」

「っ、！」

耳穴に甘い声を吹き込みながら、佐田の指が乳首の先端を掠めた。

卯月の体がビクンと大きく震えあがると、再び緩やかに抽挿が始まる。驚いて身をよじり佐田を振り返ると、片足を抱え上げられ、体を反転させられた。

「……っ、名前を、答えた……っだろ！」

挿入されたまま体の向きを変えられると、怒張の当たる部分が変わって、卯月は顔を顰《しか》めた。弛緩しそうになる口元を再び掌で覆う。

「ああ、お利口だったな。だから、早く終わらせてやるさ」

佐田は自分の方を向かせた卯月の表情に目を眇めて笑い、片足を抱え上げた体を下から突き上げるように腰を入れて弾ませ始めた。

ただでさえ壁に縋っているような状態だったというのに足を抱え上げられて、もはや体の自由が利かない。卯月が何とかして佐田を押しやろうとして肩に手をつくと、無防備な胸の上をまた摘み上げられた。

「んぁ、……っ！　っぅ、……っふ、く……！　はや、く……終わ、らせ……っ」

言っていることとやっていることが違うじゃないかと罵《ののし》りたくても、上ずってしまう声を押し殺すので精いっぱいだ。

佐田は人さし指と親指で挟んだ乳首を扱くように転がしながら、卯月の背中が壁に擦れるのも気にせず乱暴に腰を弾ませ始めた。

「知らなかったか？　セックスってのは、射精するまで終わらないもんだ。お前が俺の言うとおりにしたから一発で勘弁しておいてやるよ。——今日のところは、な」

「……っ！　なに、言っ……！」

目を瞠った卯月の胸に頭を下げた佐田が、背中を震わせて笑っている。その唇に硬く勃ちあがった乳首を舐《ねぶ》られるとわかっていても、卯月には逃れる術《すべ》がない。

「お前だって犯されて勃ってるじゃないか。これを出さなきゃ終われないだろ」

過敏になった胸の先端をぺろりと舐めてから佐田が一度、視線を上げた。

胸に顔を伏せた佐田の視界に、卯月のひとりでにそそり立ったものが映ったのだろう。今更仰向《あおむ》けにされたことを恥じて、かっと顔が熱くなる。

「違う、……これは、っ」

声を震わせて否定しようにも、言葉が続かない。

乳首を口に含んだ佐田が、いつしかぬかるみのようになった卯月の下肢を突き上げながら舌先で弾くように責めてくる。卯月は自分の意志に関係なく硬直した体を痙攣させせて仰け反ると、自分の指を噛み締めた。そうでもしていないと、あられもない声が漏れてしまいそうだった。

全身を甘い痺れが走って、腰から下が蕩《とろ》けそうだ。

こんな男におもちゃのように扱われて、屈辱でしかないはずなのに。

「お前の体は甘くて堪《たま》んねえな、……卯月」

佐田が、胸に唇を寄せたまま揶揄めいた声で言う。体が揺さぶられるたび、その白い歯の先が充血した乳首を擦る。

卯月のように貧弱で肋骨《ろっこつ》の浮き上がったような体が気持ちいいはずも、甘く感じられるはずもない。つまらない戯言だ。

卯月が露骨に顔を顰めてそっぽを向くと、ふは、と息を吐くように佐田が笑った。

「……嘘じゃない。見た目は肉付きが悪くても、ナカは柔らかい肉がきゅうきゅうと俺を締め上げてきてる」

卯月の片足だけを抱えていた佐田が体勢を直して、もう一方の足も腕にかける。

「っ、?! ちょ……待っ、!」

自分で自分の体を支えきれなくなる不安感で思わず目の前のスーツにしがみつくと、佐田が顔を上げて卯月に鼻先を寄せてきた。

不思議な色の瞳が、卯月の濡れた目を覗き込む。

「お前は自分の中身を知らないだけだ。俺は、知ってる。お前が何者なのか」

「……！」

そんなの、嘘だ。

たった十数分前に会ったばかりの人間に卯月の何がわかるものか。

そう思うのに言い返す言葉がなくて、卯月は佐田に口付けられるまま唇を開いていた。

「ん、ぅ――……ん、っふ……んん、ぅ……っん……っ」

口内の舌を搦われ、甘く吸い上げられながら自由の利かなくなった下肢を好き勝手に貫かれる。

卯月は男だし、人と関わることが怖くて自分に親切にしてくれた人と目を合わせることもできない、陰気くさい人間だ。

誰も卯月を甘いなんて言ったことはない。

佐田は卯月の何も知らないから、まるで行きずりの女でも口説くのと同じように言っているだけだ。

それなのに繋《つな》がった下肢から、吸い上げられた舌先から力の抜けるような恍惚感が押し寄せてくるのがたまらなく恐ろしかった。

「っ、ぁ、――……ぁあ、っあ、……！　や、……っもうやめ、……っう、く……！」

唇を離した佐田が、律動を早める。

下肢を抱え上げられて壁に縫い付けられた卯月は、佐田の望みどおり性的な満足を得るためだけのおもちゃのようだ。

結合部を佐田の眼下に晒して拒むこともできず、それなのに佐田のごつごつとした剛直が体内を抉《えぐ》るたびに痙攣したように肉襞を蠢かせてしまう。

「やめてくれって反応じゃないな。お前、本当に初めてか？」

耳元で苦しげな息を弾ませた佐田がわざと貶《おとし》めるようなことを囁きながら根元まで突き入れた腰を震わせる。心なしか、質量が増したような気がする。

「うる、さ……っ早く、終わ、らせ……っ！」

佐田のスーツに力なくしがみつきながら、卯月はのぼせたように熱くなった顔を伏せた。

「あぁ、……もうイキそうだ。中でたっぷり出してやるから溢《こぼ》すんじゃないぜ。俺のおもちゃになった記念だ」

く、く、と佐田の笑い声も途切れがちに聞こえる。卯月の足を抱えている佐田の手が熱い。

「だから、俺は……っおもちゃ、なんかじゃ、――……っぁ、」

ビクン、と体内で佐田の上反りが卯月の腹の内側を叩いた。と思うと、その瞬間体の力が抜けて鼻にかかった甘い声が漏れた。

自分でも驚いて目を瞠ったが、佐田もそれに気付いたようだ。

「――そこが、お前のイイところか？　卯月」

「は？　何……を、」

そんなことは、知らない。

自分でも今何が起こったのか、わからないくらいだ。

だけど佐田が卯月の腰を引いて壁から背中を引き離すと、慌てて佐田の首に腕を回さざるを得なかった。

視界に、暗い夜空が飛び込んでくる。それを塞ぐように卯月を覗き込む佐田の真剣な表情も。

「何す、……っ！」

抗議の声を上げる間もなく、卯月の腰を摑んだ佐田が素早いピストンを始める。壁に凭れることができなくなったせいで、また先端の当たる場所が変わった。

さっき掠めたばかりの場所を、執拗に擦り上げるように突いてくる。

「い、――……っあ、や……っちょ、待っ……！　嫌だ、っそこ……！　ぅ、っぁ……やめ、……っ」

こんな不安定な恰好《かっこう》では、佐田の肩を押して逃れることもできない。宙に浮いた足をばたつかせるのがせいぜいで、それも佐田の律動にあわせて身を揺らめかせているだけのようになってしまう。

宣言通り、佐田の限界は近いようだ。さっきから卯月の中でしきりに脈動しながら抽挿を繰り返している。その図太くなった肉棒が、卯月の体をおかしくさせる。

下腹部に、自分の漏らした先走りが水溜《たま》りを作っているのがわかる。こんなことで達してしまうなんて信じたくもないのに、止まらない。

「ぃ、あ……っやめ、やめ、ろ……っもう、頼む、から……っやめ、ぁ、あぁ……っ、ぁ」

「——っ出すぞ、卯月」

呻くような声で、佐田が呟いた。

合わせた腰がぶるっと震える。

「ぃ、やだ……っいや、嫌だ……っぁ、あ……っぁ、あぁ——……っ！」

瞬間、卯月は強く目を閉じて泣きじゃくるような声を上げた。

どんなに嫌だと言っても佐田は強く卯月の腰を引き寄せて、叢《くさむら》を擦りつけるように根元までねじ込んだものからどっと迸りを噴き上げた。

息を詰めた佐田が痙攣し、二度、三度と断続的に熱いものを卯月の中に注ぎ込む。

「————……っぁ、は……っぁあ、あ……！」

まるで、脳まで噴きつけてくるかのような勢いのものを浴びせかけられながら、しがみついたスーツを力の入らない手で何度も摑み直す。

卯月の体も痙攣し、止めようと思っても止まらない。まるで熱にでも浮かされたように恍惚としながら、気付くと卯月も二度目の射精で自分のシャツを胸まで濡らしていた。

佐田に出会ったあの晩、二度の絶頂を経験した卯月は情けないことにしばらく佐田に抱きかかえられていないと一人では立っていられなくなってしまった。

佐田は腰が抜けたかと言って笑っていたが、初めての経験で立て続けに二度も高ぶらせられればきっと誰だってそうなる。別に、卯月は佐田が言うような特別感じやすい体というわけでも、体の相性が良いわけでもない。

しばらく痙攣が収まらず、佐田の手が少し触れるだけでも息をしゃくりあげてしまうような状態で、卯月は「早く殺してくれ」と懇願した。

しかし佐田は拳銃を抜くことはしなかったし、密着した体から卯月が決死の思いで胸のホルダーを探ったが、そこに拳銃はなかった。

卯月の目の前で撃たれた中年男性の遺体はあるのに、拳銃が消えていた。

どういうことだと佐田を問い詰めると、佐田はにやりと意地の悪い笑みを浮かべた。気味が悪く感じるくらい整った顔で。

「そんなに死にたきゃ、死んだつもりで俺のところに来い。お前の命は、俺が貰《もら》い受ける」

何の説明もないまま佐田がそう言った、次の瞬間——卯月は魔法でもかけられたように気を失って、気付くと見知らぬ家のベッドで眠っていた。

一日目の朝は、佐田が隣に眠っていた。

思わず声を上げそうになるのをぐっと堪《こら》えてそのまま逃げ出そうとしたものの、前の晩の後遺症が残っていて思うように動けず、寝ぼけた佐田に捉《とら》えられてしまった。

そこは雑居ビルのような真新しい建物で、最上階である十三階が佐田の寝室、その下が佐田の私室で、十階からがさまざまな会社の事務所だということだった。

驚くべきことに佐田はこのビルを所有するオーナーで、「社長」と呼ばれていた。

ビルの中のどの会社の社長なのかと尋ねると、このビルに入ってる金融業から不動産仲介業、建設業など多岐にわたる業種の事務所はすべて関連会社なのだという。

卯月はおざなりに答える佐田の言葉を、半信半疑で聞いた。

鉛筆からミサイルまで製造している会社はないわけでもないが、佐田がそんなに大企業の人間には思えない。

佐田が嘘を言っているのだとしても、彼が社長と呼ばれていることは確かだ。ただし、従業員は素行の悪そうな影のある男か、派手ななりをした女性がほとんどだった。

思えば佐田はあの路地で、人を殺しているのだ。拳銃という証拠品はなくなっていたが、卯月が目撃したことは確かだ。そんな佐田がまともな企業の社長であるわけはない。

つまり佐田はこのビルに入居している様々な関連会社を仕切る暴力団組織の社長――組長だ、ということだ。

「俺は社長って呼ばせてるけどな。その方が、耳触りがいいだろう」

そう言って佐田は笑ったが、否定はしない。

十一階に設けられた社長室は大きなフロアに足の長い絨毯《じゅうたん》が敷き詰められていて、立派なデスクとゆったりとした肘掛けつきの回転椅子《いす》、埃《ほこり》ひとつついていない応接セットがある以外、実務的なものは一切なかった。

暴力団の人間なんて、初めて見た。

もしかしたら日常生活の中に普通に潜んでいるものかもしれない。だけどこのご時世だ、必要に迫られでもしなければ彼らは自分の立場を明らかにはしたがらないだろう。

だから卯月の知っている暴力団というと必然的にドラマや映画、物語の中の暴力団のイメージになる。いずれも強面で太った年配者か、若い男性はいかにも街中で近付き難い雰囲気を放っているチンピラだ。

確かに佐田を社長と呼ぶ従業員たちは卯月のイメージに限りなく近かった。そのものと言っていい。中には普通のスーツを着けた知性的な社員もいたが、彼らは頭脳で稼ぐタイプなのだろう。

何にせよ、ビルの十階分もあるフロント企業のすべてを取り仕切るような大きな組織のトップが佐田だというのは、にわかには信じられないことだった。

佐田は若い。

態度は横柄だし、身長が高いせいか妙な威圧感もある。前の晩に見たとおり何の躊躇もなく人一人の命を奪ってしまえるような非道さはとても堅気とは思えないが、それでも三十歳やそれくらいに見える。

普通の会社とは違う、実力主義の世界なのかもしれないが、それにしても。

「敵を作ることを恐れずに、やりたい放題やってのし上がってきたからな」

「！」

まただ。

卯月は押し黙って佐田のことを観察していただけなのに、まるで頭の中でも覗かれたようで気分が悪い。

卯月が嫌悪感をあらわにして顔を背けると、佐田は回転椅子で長い脚を組み替えながら声をあげて笑った。

「それに俺はこう見えて、お前が思うほど若くもない」

何歳なのか、とはあえて尋ねようとは思わなかった。

佐田について知る必要など、何もない。

あるいは警察に逃げ込むつもりでもあるなら彼の弱みの一つでも持ち出して一矢報いたい気はする。だけど佐田も言った通り、警察に保護されれば死ぬのは面倒になるだろう。

暴力団の弱みでも持っていって卯月の身辺警護でもされたら敵《かな》わない。

佐田はまた卯月の考えていることを見透かそうとでもしているのか、肘掛けに頬杖《ほおづえ》をついてニヤニヤと笑みを浮かべている。

「今日は髪でも切りに行くか。お前の頭は鬱陶しくて仕方がない」

「結構です」

これは、卯月が人と目を合わさないための防御壁のようなものだ。

小学校の頃からずっと短くしたことがない。散髪に行くたびに顔を出さないのはもったいないと言われるが、これでいいんだと頼む込むようにして切り揃《そろ》えてもらっている。

「俺のそばにそんなみっともない格好の人間を置けるか」

そう言いながら、佐田はどこか上機嫌そうだ。

卯月は長い前髪の下で眉間《みけん》の皺を深くして、わざとらしく大きなため息を吐いた。

「そばに置いてほしいと頼み込んだわけじゃない。みっともないと思うなら、すぐに排除してくれればいいのに」

「だから排除するさ。そのみっともない前髪をな？」

佐田がすると言ったら、その腕力で無理やり縛り付けてでも前髪を切るつもりだろう。

なんだって自分がこんな目に遭わなければいけないのかと忌々しい気持ちで、卯月はそれ以上口答えするのを諦めた。

「失礼します」

応接セットのソファに蹲《うずくま》るようにして卯月が押し黙っていると、静かな声とともに社長室の扉が開いた。

見るともなしに卯月の視界の端を掠めて行ったのは線の細いスーツ姿の男で、銀縁の眼鏡《めがね》を着けたいかにも頭脳派の男だ。卯月を一瞥《いちべつ》もせず、まっすぐ佐田のデスクへ向かっていく。

背筋も伸びて、物腰もどことなく柔らかい。彼もまた到底暴力団の人間には見えなかった。

「三上卯月の死亡届書を提出してきました」

「っ、！」

抑揚のない声での報告を聞きとめると、卯月は弾かれたようにソファを立ち上がった。

「ちょ、っ……何を、勝手に……！」

突然のことに度肝を抜かれて、声を張り上げたくても声が掠れてしまう。

卯月はまだ生きている。できることなら死にたいと願う気持ちに変わりはないし、昨日佐田に会ったおかげで殺してもらえると思ったのに残念ながらまだ生きている。

それなのに死亡届書が受理されるなんて、ありえない。

「死にたかったんだろ？　良かったじゃないか。これで晴れてお前は社会的に、死んだことになる」

佐田は朗らかに笑って、椅子の背凭れに身を沈めた。

「そういうことじゃない！　俺は、この体を物理的に消してしまいたいんだ！　これ以上誰にも関わらないように――……！」

「それから郷野《ごうの》組の件ですが、昨晩早々に統括委員長から連絡がありました」

「ちょっと待てよ！　俺はまだ生きてるんだって言って……！」

しれっとした顔で別の話を進めようとするスーツの男に掴みかかると、眼鏡の縁が冷たく光って、見下ろされた。

反射的に、男の腕を掴んだ手を放した。

ぞっとするような目だった。

佐田のものとはまるで違う。見る者を凍りつかせるかのような、何の感情も読み取れない得体の知れなさがあった。顔色の悪い肌の上にぽっかりと深い穴を二つ掘っただけのような目だ。本能的な恐ろしさを覚えて、卯月は俯《うつむ》いた。全身に冷たい汗が浮かんでくる。

「浅井《あさい》、俺のおもちゃを横取りするなよ？」

知らず震え上がる自分の腕をかき抱いた卯月の様子を見て、佐田が茶化して笑った。

こんな恐ろしい人間も部下なのかと思うと、ますます佐田の得体も知れない。卯月は無意識に後ずさった。

「要りません」

「お前は嫌いじゃないだろう？　人間のおもちゃ」

「私《わたし》は女性が好みです」

他愛のない会話を弾ませるようにテンポよく二人の会話は続いていく。

人を勝手におもちゃ扱いするなと言い募りたい気持ちはあったが、もはや卯月に口を挟む勇気はなかった。

暴力団の他の組がどうだとか、物流が遅れているとか、意味がわかれば物騒なのかもしれないが卯月の頭上をビジネストークが素通りしていく。

一通りの報告を終えた浅井と呼ばれた男が、手にしていた資料を佐田に差し出すと「それから」と思い出したように口を開いた。

「三上卯月の件で、仰《おっしゃ》るとおり生前の借入金をすべて返済しておきました」

今度は床に立ち尽くしたままの卯月を一瞥して、しかし興味もなさ気に告げる。

借入金。

卯月が口の中で復唱してから顔を上げると、佐田が小さく肯《うなず》いたところだった。

「か、……借入金って――……」

「中退した大学に負担させていた奨学金の返済です。残りの返済分を補塡《ほてん》できるよう、保護者の方に現金でお支払してきました。それから今まで住んでいた賃貸住宅の解約を」

数年前に家を出る際、お礼を言った卯月のことを振り返りもしなかった叔母の横顔が脳裏を過ぎる。

呼吸をするのも忘れて、卯月は浅井の顔を見上げた。

さっきまでの体の震えは止まっている。混乱して、もう何を感じ取ればいいのかもわからない。

「叔母、……は、なんて……」

彼らがどんな名目で卯月の叔母に現金を置いてきたのかわからない。これから死ぬからとか、あるいは死亡届を出した後で見舞金として支払いでもしたのだろうか。

暴力団からの金だと知ったら、叔母はどんなふうに思うだろうか。

卯月を迷惑そうに、あるいは気味の悪いものでも見るかのように顔を背け続けた叔母は、卯月が死んだと聞いて何か感じただろうか。

「別に。十八年間の養育費として少しばかりの色を付けてお支払しましたので、不満はないでしょう」

知らず開いていた卯月の唇から、短く息が漏れた。

どうして彼らが卯月の養育費を支払う必要があるのかわからない。

呆然とした卯月に踵《きびす》を返すと、それきり浅井は社長室を出て行った。

真っ白になった頭の中に、ドアの閉まる微《かす》かな物音がやけに大きく響く。

「どうした、ショックか？」

しばらく微動だにできずにいた卯月を面白《おもしろ》そうに眺めた佐田は、人の悪い笑みを浮かべている。

勝手に卯月を死んだことにしたのも佐田の命令なのだろうか。そうでもなければ今朝になるまで浅井をはじめとする従業員が卯月の存在を知ることもなかったのだから当然だ。

少なくとも佐田か、あるいはその部下が卯月のことを知ってから今の時間までの間に卯月の保護者が叔母であることを調べ、偽の死亡届書を作成し、奨学金の事実を知り金を手配したということだ。

時計はまだ午後一時を指している。

「……どう、して……」

聞きたいことは山ほどある。

しかしどれも、聞いたところで卯月にはもはや関係のないことのようでもある。

「おもちゃを手に入れるにはそれなりの代価が必要なものだろう？」

「……っ、だからって」

不思議と、佐田の甘い声を聞くと呼吸することを思い出す。

浅井という男はよく研ぎ澄まされた刃物を思わせて自然と身が竦むが、佐田は少し違う。恐怖心よりも嫌悪感のほうが強いせいかもしれない。

「お前にそれほどの価値がある、――と言ったら？」

しかし佐田が時折見せる妖しい光を帯びた目つきは、卯月を戸惑わせた。

まだ卯月の体の奥に色濃く残っている前日の情交の痕《あと》がそうさせるのかもしれない。

「まあこれで否応なしにお前はここで生きていかざるを得なくなったわけだ。お前は外じゃ、死んだ人間だからな」

空気を一変させるように声を張り上げた佐田が、革の椅子を軋ませて立ち上がる。

「死亡届って、遺体はどう――……」

「遺体ならあっただろ？　現場に」

卯月ははっとして、むせ返るような血臭を思い出した。

佐田の腕に押さえつけられ、乱暴に行為を強いられている間中知らない男性の死の匂《にお》いを嗅《か》がされ続けて感覚が麻痺《まひ》していた。

「だ、だけどあの人と俺とでは年齢も体格も違う」

「そんなもの切り刻んでしまえばわかりゃしないさ。歯は全部抜いて、顔も潰した。今はＤＮＡで本人確認をするみたいだけどね、検視官が快く頼まれごとを聞いてくれる」

佐田の口ぶりは今にも歌いだしそうに弾んでいる。

警察関係者が快くそんな不正を買って出るはずがないから、脅されているか、金でも積まれているんだろう。それどころかたった一発の銃声で亡くなったはずの男性の遺体をそこまでして死後に傷付けたなんて、愉快そうにする話じゃない。

卯月は吐き気を飲み込んで、顔を伏せた。

「心配しなくてもお前のこともそのうち殺してやるから、それまではここで生きろ。俺の組の人間はみんな、家族だと思ってくれていい」

「！」

デスクを離れて歩み寄ってきた佐田の言葉に、弾かれたように卯月は顔を上げた。

家族だなんて、冗談じゃない。

「俺は、……家族なんて要らない」

佐田が目を瞬かせて、どこかあどけない仕種で首を傾《かし》げる。その無神経な顔を、卯月は睨み付けた。

「俺の保護者のことを調べたんだろう。それなら、わかってるはずだ。俺の家族なんていないほうがいい」

「まあ家族って言っても本当の家族になるわけじゃないから安心しろ。……家族っていえば気に入るかと思って口が滑っただけだ、深く考えるなよ。家族が嫌なら使用人でも、家具代わりでもなんでも――」

「俺に関わればみんな不幸になるんだ！」

耐え切れずに卯月が声を張り上げると、佐田が片眉を上下させて首を竦めた。

まるで子供の駄々をあやすかのようなおどけた様子がますます卯月を苛立たせる。

「まあ、そうだろうな」

「なんなんだあんたは昨日から知ったような口ばっかり……！　俺に関わった人間はみんな死ぬんだよ！　あんたはまだたまたま生きてるだけだ！　俺をここに置くつもりなら、早晩必ず死ぬ！　だからその前に早く俺を――」

社会的に死んだことにさせられたうえで佐田に死なれたら、卯月はますます生きづらくなるだろう。暴力団なんて一般人よりはるかに死に直面する場面が多いはずだ。佐田が今日にでも死んでしまう可能性はある。もちろんこんな男と心中するなんて御免だし、どうかその前に責任を持って卯月のことを殺してほしい、願うのはそれだけなのに。

「あのな、昨日も言ったはずだ。俺は死なないから安心しろ」

しかし卯月がどんなに真剣に言い募っても、佐田は呆《あき》れたようにため息を吐いて首を振った。

こんなふうにやり過ごされるのは慣れている。大体誰も、そんなのお前の思い過ごしだとか病的な妄言だと言って失笑するだけだ。自分が死に直面して初めて信じたって、遅いのに。

卯月は泣き出したくなるような気持ちを堪えて、佐田に摑みかかった。

「どうせ信じてないんだろう！　でも、俺は本当に――」

ヤクザな悪魔と疫病神。


「わかってるよ」

昨晩とは違う佐田のスーツの襟を摑んだ卯月の左胸を、佐田の指がさした。

まるで、そこで感じる死の予感を知っているかのように。

「っ、」

数時間前も佐田は執拗に卯月の左側の乳首ばかり責めていた。

改めて煌々《こうこう》と照らす明かりの下で見下ろすと、佐田の指先は長く筋張っている。この手が卯月の胸を弄《いじ》り、下肢の肉を強引に分け入って辱めたのかと思うと胸がざわめいた。

「お前の両親はお前が産まれたせいで死んだし、友達と呼べる人間も、密《ひそ》かに思いを寄せた相手もみんな死んだんだろ？　そんなこと、調べなくたって俺にはわかってるんだよ」

「な、……何——」

自分には何でもお見通しだなんて、はったりだ。

どうせ昨晩卯月の名前を聞き出したのだって部下に調べさせるためだったんだろう。言霊なんて嘘だ。これが佐田なりの相手を束縛する呪術なんだろう。

——そんなことわかっているのに、佐田のくすんだ黄色い目に覗き込まれると恐ろしくなる。

佐田が、何を知っているのかと思ってしまう。

もしかしたら卯月も知らない何かを教えてくれるのじゃないかと、期待にも似た気持ちを抱いてしまう。それが恐ろしい。

「お前に関わった人間が漏れなく死ぬのはわかってる。だけど残念ながら、俺は死なない。お前がどんなに殺してやると喚《わめ》いてもね」

左胸をさした佐田の指先が、服の中の突起を探すようにくるりと円を描いた。

「！」

思わず過敏に反応して、身を引く。

卯月をそばに置きたがるというのはそういう対象としてなのか。それならばさっきの浅井という男の反応も肯ける。ふつうは、情婦なら目も喜ばせる女性を選ぶだろう。

屈辱を味あわせて、お前なんて殺してやると抵抗する男を力でねじ伏せたいと思う性嗜好《しこう》の男なのだとしたら、たちが悪いという他ない。だとしたら従順になったふりでもしたら飽きてくれるのだろうか。そんなこととてもできる気がしない。

嫌悪感に顔を歪めた卯月が距離を置こうとすると、佐田が笑い声をあげて噴き出した。

「別にお前を性奴隷にするためにそばに置くわけじゃないから安心しろ」

佐田は、笑うと途端に幼く見える。それでも彼の言葉を信じるならそれほど若いというわけでもないのだから、いったい何歳なのか、卯月には見当もつかない。一瞬毎《ごと》に印象の変わる男だった。どれが正体なのかもわからない。

「っ、じゃあどうして――……」

手を伸ばした佐田に捕まらないように、後退《あとずさ》る。しかし応接セットのソファが足元にぶつかると、一瞬気が逸れた。その瞬間を狙《ねら》っていたかのように、佐田が卯月の腕を摑む。

あっと声を上げる間もなく強引に引き寄せられると、昨晩受けた下肢の傷が疼くように痛んだ。

「お前には利用価値がある」

吐息がかかるほどの距離に顔を寄せた佐田が、甘く囁く。

細められた双眸の、琥珀《こはく》のような目の色が卯月を射抜くように見つめた。

「お前のその人を殺してしまう能力は俺にはとても甘くて、ね」

「あんた、そういう意味で……！」

昨晩の熱を思い出して、かっと体が熱くなる。

まさかあんな言葉に絆《ほだ》されたなんてことは少しもないが、馬鹿にされたような気分だ。すると佐田が高らかに笑い声を上げて、卯月の体を背後のソファに突き倒した。

「っ！」

慌てて手をつこうとすると、一緒に佐田も覆いかぶさってきてどっと重厚なソファが絨毯の上で跳ねた。

大振りとはいっても大の男が折り重なって横になるようにはできてないソファはひどく狭くて、肘掛けや佐田の体にぶつかった体のあちこちが痛い。ただでさえも前日の肩の痣や、壁でできた擦傷があるのに。

「昨日のはそういう意味じゃない。あの時は本当に甘かったんだ。あれは何だ？　肌に何かつけてるのか」

「は？　知らな……っ、退《ど》け、よ……！」

身をよじって佐田の体の下から逃げ出そうとすると、両手を乱暴に捉えられて頭上に縫い付けられた。

ぞっとするような予感が、まだぬかるんだままの下肢から突き上がってくる。

「どれ、……甘かったのはどのへんだったかな」

面白がるような口調で嘯《うそぶ》きながら、佐田が卯月の首筋に鼻先を伏せた。

「ふ、ざ……っける、なっ！　甘いところなんて、どこにも——……！」

足をばたつかせて佐田の体を蹴り退けようとすると、膝の間に佐田の足が割り込んでくる。昨晩の律動を思わせるように腰をすり寄せながら、ねっとりと舌を伸ばして。

「嫌、だ……っ！　やめろ、冗談じゃない、っ……！」

卯月が足腰立たなくなるような思いをしてからまだ半日だ。それでなくとも望むはずのない行為を、こんな短時間で何度も強いられたら気がおかしくなる。

卯月は渾身《こんしん》の力を込めて佐田の肩を押し返しながら、ソファから転げ落ちようと肩をばたつかせた。体中が軋むように痛むが、構わない。

「そんなに大きな声を出したら、俺の部下に聞こえるぜ？　みんなに見られながら犯されるのが感じるっていうなら、俺は構わないけどね」

首筋で視線を上げた佐田が、くつくつと低い声を震わせて笑った。

卯月の全身を怖気が走って、抵抗する気持ちが薄れていく。それでなくても、佐田を突き飛ばして卯月がこの建物から逃げ出せるものだろうか。

逃げ出せたとして、どこに行くつもりなのか。今まで住んでいたアパートも解約されて、死んだことになっている卯月にはもう新しいアパートを契約することもできないだろう。

愕然として抵抗する力をなくした卯月がうつろに天井を仰ぐと、佐田がその視界に映った。

「ようやく観念したか。……今日からここが、お前の生きる場所だ」

そう言った佐田の声は少しも笑ってはいなかった。それどころか俺も一人だったと漏らした時の悲痛なそれに聞こえた。

だけど、卯月にはそれを確かめる気にもなれなかった。

生きる場所なんて、今まで一度も欲しがったことなんてない。

――これからだって。

＊　＊　＊

その日の晩も、卯月は佐田のベッドで寝る羽目になった。

昼間に強いられた行為をさすがに夜にまで求められることもなく、それならば一緒に眠る必要もないのに、佐田の命令で卯月は隣に眠らされた。

「お前、今まで安心して眠ったことなんて一度もなかっただろう」

風呂《ふろ》上りに呷《あお》ったコニャックの香りをさせた佐田が言うと、その香りで隣の卯月まで酔いが回りそうだった。

それとなく距離を置きながら答えずにいると、それでも佐田は機嫌を悪くするそぶりもない。

「まあ、当然か。自分のこともわからないで安心できる場所なんてあるはずもない」

いちいち癇《かん》に障る男だ。

まるで自分が何でも知っているかのような口振りで、卯月の苛立ちなどお構いなしなのだから。

卯月はため息だけ吐いて佐田に背を向けると、膝を抱えて目を閉じた。

いつもこうして数時間我慢していればやがて朝になる。何時間眠ったかなんて気にしたこともない。布団の中でじっとしていれば、人と関わらなくて済む。寝たふりは、小さい頃から得意だった。

「卯月」

長年親しんだペットでも呼ぶかのように佐田が馴《な》れ馴れしく卯月の名を呼んだ。と同時に背中が熱いくらいに暖かくなる。

「何を……！」

ぎょっとして反射的に振り返ろうとした卯月の視界を、佐田の大きな掌が覆った。

ぐらり、と脳が揺らされでもしたように眩暈がする。

気付くと卯月は枕《まくら》の上に頭を沈めていた。

「安心して眠っていい。気付けば、朝になってるさ」

耳元で、佐田の甘い声が響く。

言い返そうとしたが、何を言おうとしたのかも覚えてない。卯月は微かに唇を震わせたきり、前の晩と同じようにぷつりと意識を途切れさせて昏倒《こんとう》したように眠りに落ちていた。

六時間後、卯月が目を覚ますと佐田の姿はなかった。

代わりに浅井が卯月の着替えと、佐田からの伝言を預かっていた。曰《いわ》く、佐田の指定した店で髪を切っておけというものだ。

佐田の命令を聞く筋合いなんて一つもない。

もし浅井の言葉に卯月が従わないことがあったら、伝言を預かった浅井が佐田によって殺されるのだろうか。

浅井は佐田の側近——暴力団だから、若頭とでもいうのだろうか——のようだから、そう簡単に失うことはないのかもしれない。しかし卯月が関わってしまったのだから、ありえないこともない。

それでなくても一度恐れを抱いた浅井の抑揚のない声音が、卯月は苦手だった。

「あの、……佐田、……さんは」

卯月の貧相な体にぴったりと合ったサイズの服に袖《そで》を通しながら尋ねると、浅井は仮面のように硬い表情を微動だにさせず、仕事ですとだけ答えた。

暴力団の組長の仕事なんて、想像もつかない。

どうしてあの時佐田が一人で、自分であの男性を殺していたのかも。

もっとも、そんなことに首を突っ込む気にもならないが。

「美容室、……一人で行っていいですか」

「駄目です」

ささやかな願いは間髪をいれずに否決された。

それはそうだろう。

何故かは知らないが卯月は佐田の所有物なのだ。誘拐されたも同然と言っていい。一人にすれば逃げ出すと思われて当然だし、逃げたいという気ももちろんある。

だけどそれ以上に、自分に送迎の人間をつけられることが卯月にとっては苦痛だった。

佐田がどうしても卯月というおもちゃを手元に置いておきたいというなら、監禁でもしていればいいのだ。とにかく人と関わりあいになりたくないということを、佐田は理解していない。

「気になさらないでください」

沈痛な顔を伏せた卯月がどう話せばいいものかを考えあぐねていると、浅井がやはり淡々とした声で言った。

「極道の世界の男は、全員いつ死んでもいいと思っている者ばかりです。別にあなたのせいで死んだからと言って、何も問題はない」

問題ならある。

それは卯月が誰のことも殺したくないと思っていることだ。

きっと浅井だって卯月の妙な星回りのことなんて信じていないのだろう。しかし浅井の口からそれ以上他人の命を軽んじるような発言を聞きたくなくて、卯月は諦めて肯いた。

卯月を美容室に送迎してくれたのは顔に大きな裂傷のある無骨な男だった。

一見してすぐに、この男の目を盗んで逃げだすことはできないと思えるくらいの強面で、佐田に指定されたシックで落ち着いた美容室では卯月が施術を受けている三時間もの間、まるで置物のように微動だにしなかった。

彼らから見て佐田というボスがどのような人間なのか、知りたいような気持ちもあった。

少なくとも浅井は佐田を嫌っていないように見える。まるでロボットのように従順だ。

強面の男も佐田を尊敬、あるいは服従して命令を聞いているのだろうか。

佐田は身長も大きいし、まるでアスリートのような筋肉質な体をしている。だけど卯月を見張っているこの男はもっと武道家のような体つきだ。

その気になれば佐田を倒して自分が組長になることだってできるのではないのか。暴力団の世界が、そんな動物じみたところなのかどうかもわからないが。

少なくとも佐田は腕力だけでなく、頭もそれなりに切れそうだ。

卯月は美容室の行き帰りの車中で、男に話しかけてみようかと逡巡して、すぐにやめた。

出がけに浅井の言った言葉が胸に重く沈んでいた。

極道の人間はいつ死んでもいいと思っている。

それはこの世界特有の「覚悟」なのかもしれない。でも卯月のせいで死ぬことはない。

瘤《こぶ》のついた大きな手でハンドルを握る男の背中から顔を逸らして、卯月は窓の外を眺めた。

前髪が短くなったせいで、世界がよく見える。

今日は休日なのか、ブランドロゴを掲げた路面店の並ぶ大通りには手を繋いだ男女が多い。みんな誰かを必要として、自分が大切に思う誰かの幸せを願っている。

近しい人が笑えば自分も楽しい。美しいものを一緒に眺めて美味《おい》しいものをみんなで囲み、楽しい思い出を共有したい。それは卯月にとってはまるでおとぎ話のような世界だった。

彼らと自分とは違う。

卯月が親しみをこめて誰かを見つめれば、相手は半年以内に不幸な事故に遭う。そういうふうになっている。どうしても。

信号機が青に変わって車が繁華街を置いていく。

車はまっすぐ佐田のビルへと帰っていくのだろう。それでいい。

佐田がいつ卯月を殺してくれるつもりなのかもわからないが、あの建物の中で飼われているだけなら卯月は生きているのも死んでいるのも変わらない。

佐田には今日のようなことがないように、自分を部下と接触させないようにと頼めるだけ頼んでみよう。

卯月が好ましく思わない相手も殺してしまうのかどうか、よくはわからない。

このままあの家にいれば、あるいは佐田が死ぬまでは誰も殺さずに済むかもしれない。

もし佐田がやはり卯月を囲ったせいで死ぬのなら、その時はぜひ卯月が疑われるような不審な死を遂げてもらいたい。そうすれば、佐田の死を悼んだ人に殺してもらえるだろう。

「あっ、お帰りなさい姐《あね》さん！」

ビルの入り口に横付けされた車から卯月が降りると、明るい声が響いた。

思わず卯月が背後を振り返ると、そこには駐車場に走り去っていった車のテールランプしかない。

どっと何かが蹴りつけられる鈍い音がしてまた建物に視線を戻すと、金髪の青年が床に転がっていた。

「だから姐さんじゃねえっつってんだろてめえは！」

「ええ～？　だって、組長の情婦《オンナ》っつったら姐さんじゃないんすかあ？」

情けない声を上げて床に這いつくばった金髪の青年を、派手な色の上着を着た目つきの悪い男が踏み付けている。とてもじゃれあっているとは思えないほど容赦のない暴力に見えて、卯月は視線を逸らして彼らをやり過ごそうとした。

「社長は情婦じゃねえっつってたろ！」

「あ、待ってください！　アニキ、行っちゃいますよ！　えーっと……兄《あに》さんが！」

「ああもうややこしい奴《やつ》だなてめえは！」

気配を殺して彼らの横を通り過ぎ、エレベーターに向かって足早に通り過ぎようとすると賑《にぎ》やかな声が背後から追いかけてきた。

まさか卯月に話しかけているつもりだろうか。

肩を強張らせながらおそるおそる背後を窺うと、明るい金髪が飛び込んできた。

「兄さん兄さん！　組長がお呼びでしたよ！」

金髪の青年が屈託のない表情ですぐ背後に立っていた。

思わず体がびくりと大きく震えて、顔を背けてしまった。

髪が短くなったせいだ。ひどく、人の顔がよく見える。卯月はきつく瞼《まぶた》を瞑ったが、瑕《きず》のないビー玉のようなキラキラとした青年の目が脳裏に焼き付いてしまっている。

「組長じゃなくて社長だっつってんだよ！　すいません、こいつバカで」

虎《とら》や龍《りゅう》の刺繡《ししゅう》が刻まれたサテン地の上着を着た男は、ビルのロビーにわんわんと反響するような大きな声で喋《しゃべ》る。長く伸ばしていた髪が耳の上まで刈られてしまったせいで、その声もよく聞こえる。

「い、……いえ――……、あの、……社長室、に行けば、いいですか」

「はい！　自分たちも行きます！」

このビルにエレベーターは一基しかない。当然、一緒に乗り込むということだろう。

美容室までの見張りと別れたと思ったら、彼らが佐田の元までの見張りというわけか。卯月はもう何でもいいから一人になりたいと祈るような気持ちで、ようやく一階に着いたエレベーターに乗り込んだ。


「お、似合うな」

社長室の扉を開くなり、佐田は開口一番感心したように言った。

傍らにいた浅井も少しばかり驚いたというように黒目がちの目を瞠っている。

「ですよねー！　兄さんめっちゃ美形じゃないすか？　社長が飽きたら自分が付き合いたいっす！」

社長室に着けば帰っていくだろうと思った金髪の青年たちも、騒がしく室内に入ってくる。浅井は眉を顰めたが、佐田は気にも留めずに笑い声を上げた。

「俺が飽きるかどうかはともかく、お前じゃ三日ともたねえよ」

「え、それどういう意味すかあ？　兄さん、もしかしてすげー絶倫とか……」

大袈裟《おおげさ》に息を呑《の》んだ青年だけじゃなく、彼の兄貴分である男も、浅井までもが一斉に卯月を見た。ただでさえ髪が短くなって落ち着かないのに、人から注目されるなんて生きた心地がしない。かっと顔を熱くさせた卯月が深く俯くと、佐田が体を揺らして大声で笑った。

佐田は、彼なら三日ともたずに死ぬと言いたかったのかもしれない。今までの言葉を信じるなら、卯月が他人を不幸にする体質だと知ったうえで、自分だけは死なないと過信しているようだから。

だけど確かに卯月がどんな人間か知らない――あるいは信じていない人ならば、別の意味だと思っても無理はない。

「……佐田さん。俺、部屋に行っていいですか」

これじゃまるで見世物だ。

男のくせに男の情夫をやっている「兄さん」だなんて、それは物珍しくて面白くて、一目見てみたくもなるだろう。

しかも女には困らないだろうほど顔立ちの整った佐田がよりによって男を飼うというのだからよほど具合がいいと思っても無理はない。飽きたら自分にも使わせろだなんて、欲望に忠実な乱暴な世界の男らしいといえばそのとおりだ。

さっきまで子供のように無邪気だと思った金髪の青年にもほとほと嫌気がさして、卯月は佐田をじろりと睨み付けた。

「まあそう言うな。ウチの人間をまだ紹介してなかっただろう」

「紹介なんて、――」

部下の青年たちには失礼だが、卯月は嚙みつくように声を上げた。その時背後の扉から美容室に送迎してくれた男も姿を見せた。

「こいつらが俺の直属の組員だ。まあ関連会社でも使い物にならない馬鹿ばっかりだとも言えるけどな」

佐田の言い様に不服そうな声を上げながらも、青年たちは笑っている。さっきまで険しい表情をぴくりともさせなかった強面の男も、裂傷を引き攣らせるように笑った。

尋ねるまでもない。

彼らにとって佐田は、気の置けない良いボスのようだった。

それならばますます、卯月の居場所はここにはない。

俺も一人だったなんてよく言えるものだ。こんなに賑やかな事務所を構えて、大勢の従業員を従えているくせに。卯月とは正反対にいるような男じゃないか。

双眸をあらわにしてしまった短い前髪をぎゅっと握って、卯月はうつむいた。

「そこの馬鹿が青山《あおやま》、その隣の馬鹿が――」

「社長、それでは紹介になりません」

浅井に口を挟まれると、佐田はひらりと手を振って見せた。面倒だからお前がやれというかのように。最初から説明する気なんてないのだろう。卯月だってできれば知りたくない。

「自分が青山です！」

佐田の許可を得られずとも社長室を立ち去ろうと卯月が足先を震わせた時、金髪の青年が背中を反らすようにして直立し、高らかに声を上げた。

思わずその顔を、仰いでしまう。

できるだけ体を小さく屈め、人の視界に止まらないように気配を殺して生きてきた卯月とはあまりにも対照的過ぎて。

「アニキが長谷川《はせがわ》さんで」

「小鳥遊《たかなし》です」

青山に紹介された派手な上着の男と一緒に、小鳥遊と名乗った強面も頭を下げた。

「こいつらにそれぞれ兵隊をつけて、佐田組ってことにしてる。一次団体はない。こいつらに組を持たせる気もない」

佐田は馬鹿だ馬鹿だと言って憚らないが、見たところ自分の直属には武闘派の人間を重点的に集めているようでもある。確かにまだ若い面々揃いで――この中では小鳥遊が唯一三十代半ばに見えるが、髪をぴったりと後ろに撫で付け、ごつごつした輪郭をしているから老けて見えるだけかもしれない――とても一家を構えるのには早い気もする。特に青山なんて不良の高校生と一緒にいたら見分けがつかない。

とはいえ、彼らを束ねた佐田も見た目は若い。実際の年齢は知らないが、この小綺麗《こぎれい》な顔をした男が暴力団の首領だなんていまだに信じられない。

「年商は、——……ええと」

「昨年は五億ほどでした。それも、このビルを建てたことで使い切ってしまいましたが」

浅井は眼鏡の中央を中指で押し上げながら呆れたように言った。

「五億って、……一体何で、」

暴力団の資金源なんて知らない。

イメージとしては確かに貧乏な印象はないが、みかじめ料の強要や詐欺や、悪事で得た金ということだろう。それが五億円にもなるのか。

「悪いことならなんでも」

デスクに頬杖をついた佐田が、まるで子供の戯言のように答えた。

しかし微笑みをたたえて悠然と構えたその姿は悪漢と呼ぶのに相応《ふさわ》しい堂々としたもので、卯月は眉を顰めた。

「金融業、不動産業、飲食業など、手広く経営しております」

浅井のフォローどおり、このビルの階下にあるオフィスフロアには金融、ファイナンス、不動産と多種多様な社名が並んでいた。

このビルの中だけでなく、他に飲食業も営んでいるとあれば確かに業績はいいのかもしれない。

しかしそれのどこが「悪いこと」なのか卯月にはわからないが。

「……飲食業てなんすか」

と、背後で青山のまったく潜められていない内証話が聞こえた。

思わず振り返ると、ちょうど長谷川が青山の頭を殴りつけたところだった。

「バカ。アレだ、キャバとかデリヘルも飲食業っつっとけって言っただろ」

「デリヘルは接客業だ」

声を上げて笑った佐田が訂正すると、長谷川も首を竦めた。

「まあ、何でも屋だな！」

「法に抵触することはしていません」

定規で測ったようにピンと背筋を伸ばした浅井が怜悧《れいり》に言い放つ。

わざわざそう付け足すということは、相当際どいところをあえて渡っているのだろう。ボーダーラインを知れば、その水際で最も違法に近いだけの甘い汁を吸うことができる。つまり、そういうことだろう。

――それには人殺しも含まれるのか。

喉まで出かかった言葉を卯月は無理やり飲み込んだ。

あるいは卯月が目撃したものは部下も知らない佐田の独断的な殺人だったのかもしれない。だけど暴力団組織を自覚している以上、彼らだって悪事を悪事とも思っていないんだろう。

身を強張らせて背後を窺うと、青山が人懐こい笑みを浮かべて卯月を覗き込んでいた。

「っ、！」

反射的に視線を避けて、体を竦ませる。

この部屋にいる誰も、自分たちが「悪いこと」をして荒稼ぎをしていることをなんとも感じていないようだった。

悪いことだなんて、ただの冗談で言っているだけかもしれないと思えるほど。

だけど卯月が瞼を閉じれば佐田が何の躊躇もなく人を殺したあの光景がまだ鮮明に蘇ってくる。卯月を死んだ人間だということにしたという浅井の手際の良さだって、まっとうな社会人とは思えない。

「……そんなにまでして金が欲しいのか」

卯月が唸《うな》るように言うと、佐田が目を瞬かせた。

ふとした拍子に、驚くほどあどけない表情になる男だ。

「金？　そんなものは、要らねえよ」

「は？　じゃあ何のために——」

この期に及んで、詭弁《きべん》でも吐くつもりか。

卯月は顔を顰めて言い返そうとして、はっとした。

佐田は、微笑んでいた。その目が淡く光っているようにさえ見える。この部屋はしっかりと照明もついていて明るいのに。

「人間てのは驚くほど弱くて、脆《もろ》くてね。酒や快楽、金の誘惑や賭《か》け事のスリルにとても抗《あらが》えないようにできてるんだ」

室内が、やけに静まり返っている気がする。

さっきまでうるさかった青山や長谷川でさえ、まるでそこにいないかのように黙って佐田の話を聞いている。惹《ひ》きつけられているといったようだ。

腹立たしいことに、それもわかる気がする。

佐田の言葉は初めて聞いた時からひどく甘く響いて、どうしても耳を傾けずにはいられない。その言葉を聞いているだけで、恍惚とした気分にさえさせられる。

「——俺は彼らの堕落を手助けしているだけだよ。金なんて本当は、必要ない」

「……！」

佐田が囁くように言うと、ぞくりと背中を冷たいものが走った。

佐田は時折卯月が今まで触れたこともない恐怖を感じさせる。それはまるで底の見えない昏《くら》い奈落を覗き込んでいるような、そんな気分だった。

「まったく、組長は金に執着なさすぎなんすよー。でもまあ、これからは兄さんがいるからちょっとは自分のためにお金使ってくださいねっ」

騒然として立ち尽くした卯月の背中を、不意に青山が叩いた。

喉まで出かかった悲鳴を飲み込み、大袈裟に肩を震わせて振り返る。卯月よりも青山のほうがよほど驚いた顔をしていた。

「お、……俺に触らないで、くれますか」

叔母の家ではまるで黴菌《ばいきん》が移るとでも信じられているかのように卯月の私物も分け隔てられていた。卯月に触れれば、死神が乗り移る。近所でそう噂《うわさ》されたこともあった。叔母が誰かにそう漏らしたのだろう。自分でもそんなことはないと否定する材料が一つもなかった。

青山が明日にでも死んだら、ますます叔母が正しいというしかなくなる。

「愛想のない男だな。触ったくらいじゃ死にゃしねえよ」

「！」

卯月の体内にまで触れて好き放題に掻き回しさえしたくせにいまだぴんぴんしている佐田は頬杖をついて目を眇めた。もうすっかり普通の様子だ。ただ唇に浮かべられた、嫌味なくらい美しい笑みは変わらない。

「な、――なんだって、あんたはいつも……！」

卯月の心を見透かすようなことを言うのか。

佐田のその不思議な色の目で見つめられると、恐ろしささえ覚える。

あるいは卯月のこの気色悪い体質のように、佐田には人の心を暴く能力があるとでもいうのだろうか。そのせいで彼も一人で生きてきたということか。

だけど今は佐田を慕っている部下がこんなにいるし、もしかしたらその能力を使ってこの若さで暴力団組織を束ねるようになったのかもしれない。

人を殺すことしか能のない卯月とは違う。

しかも卯月は、殺したい相手を選べるわけでもない。

「気にするなよ。どんな人間だっていずれ死ぬんだ。せめて生きてる間は笑ってりゃいい。ほら、青山の馬鹿を見てみろ」

佐田に言われても、すぐ隣の青山を仰ぐ気にはならなかった。青山のほうから顔を覗き込んでくる気配を感じたが、目を瞑って顔を逸らす。

街中で見かける乱暴そうな不良は苦手だ。だけどこうして一度話をすると、青山が悪い人間じゃないことを知ってしまう。

人と関わりたくなんてないのに。

「頑固なやつだ。お前のためを思って言ってやってるのにな」

やがて佐田の大きなため息が聞こえても、卯月は深く俯いたままでいた。

セックスのために飼うわけではないと言いながら、佐田は最低でも三日と置かず、場合によっては連日のように卯月を抱くこともあった。

お前には利用価値があるという佐田の真意は知らないが、これでは性的な利用価値しか求められていないのも同じだ。

ビルには浅井の言うところの飲食業や接客業で働いているような露出度の高い服装の女性が多く出入りしているし、彼女たちが長時間社長室に滞在することもあるらしい。

佐田が男性を好む性的嗜好が強いのか、あるいは試してみたいだけなのかも知らない。

だとしても従業員は女性よりも男性のほうが多いようだし、女性従業員と不自然に二人きりの時間を過ごすこともあるなら男性従業員に手を出しても同じことだ。

結局のところ佐田の考えていることなど卯月にわかるはずもない。理解する必要もない。

ただ昼間に女性従業員と戯れた後でも佐田はその数時間後に卯月を組み敷くこともあった。

＊　＊　＊

ヤクザな悪魔と疫病神。

青山はいまだに卯月を好色と勘違いしているようだが、それは佐田のほうだ。

キングサイズのベッドから転げ落ちるほど嫌だと言って暴れる卯月を押さえつけて、一晩中その剛直を萎《な》えさせない日もある。

その手で女を抱いたんだろうと噛みつくと、佐田は否定もせずに笑うだけだ。

「なんだ、一丁前に嫉妬《しっと》でもしてるのか」

そう言って貫かれた体を乱暴に揺さぶられるだけで、卯月はもうつまらないことを言わないように決めた。

一番恐ろしいのは、頻繁に抱かれるせいで体が佐田の挿入を異物と感じなくなりつつあることだ。

最初のうちこそ、二度三度と注ぎ込まれた翌日は半日以上ベッドを起き上がれないこともあった。

しかし痛みはやがて薄れて、抽挿が激しかった日はヒリヒリとした感覚こそ残るものの、それも佐田が事前にローションをたっぷり使うようになると和らぐようになった。

まるで、自分の体が強制的に変えられていくようだ。

女のように扱われることを屈辱と感じるのは変わらないのに、佐田の手に触れられると体が反応してしまう。

首筋に口付けられ、乳首を探られながら足の付け根へ掌を這わされると背後が収縮する。潤滑油を伴った佐田の指先で丁寧に解きほぐされた下肢に深々と挿入されると、枕を噛んでもいないと甲高い声を上げてしまいそうになった。

佐田の腰を跨《また》がされ、体の上で突き上げられると何度も精を噴き上げて、卯月のものが空になってもまだ絶頂感に苛《さいな》まれ続けることも稀《まれ》ではない。

こんなことを続けてはいられない。どうか一人で寝かせてくれと佐田に頼み込んだこともある。

何度か佐田がそれを許すかのように夜中に仕事で家を空けることもあったが——夜中の仕事なんて本当なのか、あるいは出会った時のように卯月ではない誰かを殺しているのかは知らない——その晩は卯月はいつものようには眠れなかった。

眠れないことには小さい頃から慣れている。

ベッドの中では目を閉じて息を潜めているのが卯月の夜の過ごし方だったはずなのに、朝方佐田がベッドに戻ってくると、凌辱《りょうじょく》されることがなくても卯月は気付くと眠りに落ちていた。


「やあやあ、あんたか！　佐田のダンナがそばに置いてる美丈夫いうんは！」

卯月が佐田のビルで寝起きするようになって二ヶ月が過ぎようとしていた。

ある時、佐田に呼ばれて社長室に降りると応接セットに太った男性が座っていた。

珍しく佐田もデスクを離れてその男性の前に腰を下ろし、卯月を手招く。

大した用もなく社長室に呼ばれること自体は珍しいことでもなかったものの、客人に会うのは初めてだ。見たところ、フロント企業の取引先という様子でもない。要するに、堅気の客人には見えなかった。太って頭も薄くなった男性は、見たこともないような派手な柄のスーツを着ている。

反射的に卯月は開いた扉を閉めなおして逃げ出そうかと思った。

「卯月」

それを諫《いさ》めるように、佐田が小さく首を振る。

ただでさえも人と接触したくないのに、卯月はそれ以上部屋に入れるはずもなく、眉を顰めた。

二人の様子を見比べた男性は目を瞬かせた。大きな体に見合わない、小さな目だ。

「こちら郷野組の組長、戸坂《とさか》氏だ。失礼のないように」

いつまでも部屋の入り口で立ち尽くした卯月に言い含めるような声音で言った佐田が、目配《めくば》せしたように感じた。

郷野組。

聞き覚えがあるような名前だが、それが佐田の組にとってどんな間柄なのかも卯月は知らない。目配せをされても困る。

「すみませんね、躾《しつけ》がなってなくて。……ほら、いつまで戸口で突っ立ってるんだ。早くこっちに来い」

わざとらしく険しい表情を浮かべた佐田が、声を上げた。

いつもなら卯月が何をしようと笑いながら力づくで何でもするような男だ。客人の前で何か取り繕っているようで、嫌な感じがする。

戸坂がソファの上で巨体を揺らしながら卯月を振り返り、手招いた。

「いやあ、佐田さんが情婦を囲うなんて、なんぞ心境の変化でもあったんかな」

ここでも情婦扱いか。

卯月が渋々室内に入ると、戸坂は丸い頬に脂汗を光らせて自分の隣を掌で叩いた。隣に座れとでもいうのか。

佐田をちらりと窺い見る。しかし、戸坂の言葉に笑っているだけだ。

酌でもさせるつもりならそれこそ階下に男好きのする美女はいくらでもいる。卯月は胸中で大きくため息を吐きながら、諦めてソファに歩み寄った。

「あんたは人を信用しない男かと思てたわ」

「俺も年とったってことですかね」

卯月が苛立たしげに戸坂の隣に腰を下ろすと、不躾なほど露骨に視線を向けられた。

さあ座ってやったぞ、どうしろというのだ。

――そんな気持ちをこめて佐田を睨み付けるが、何の反応も返ってこない。

代わりに戸坂の丸々と太った掌が膝の上に伸びてきた。

「！」

驚いて、傍らの戸坂を見る。戸坂は佐田の言葉に声を上げて笑った。

「何言ってるんや、何十年も変わらん顔して」

「そうでもないですよ、最近は体力も続かなくてね」

嘘を言え。卯月が音を上げて、もう何でもするから許してくれと口走ってさえも犯すのをやめないくせに。

それにしても戸坂と佐田は長い付き合いのようだ。

何十年も変わらないという戸坂の言葉にどれほどの信憑性があるのかわからないが、それほど前から佐田は暴力団をしているということだろうか。あるいは暴力団に入る前から戸坂と親交があったというだけなのか。

卯月がその話を詳しく聞きたがって戸坂の顔を窺うと、肉に埋もれたような小さな目と視線が合った。

反射的に、顔を伏せる。

すると何がおかしいのか、戸坂がソファを軋ませて笑った。

戸坂のスーツの袖口から、派手な刺青《いれずみ》が時折垣間《かいま》見える。まるで長袖シャツのように手首の近くまで彫られているようだ。

佐田の背中にも刺青はある。

いつも暗い場所でしか服を脱ぐことがないし、卯月も好きこのんで見ようとはしないから詳しくは覚えてないが、もっと薄墨で描かれたようなシンプルなものだ。しかもいかにも暴力団然とした和柄ではなく、タトゥーと呼んだほうが相応しいような図案だった。

「しかし、初めての情婦が男とはね」

佐田の背中でも思い出して気を紛らわそうとした卯月の顎に、指先まで太った戸坂の手が触れる。

「触、……っ」

触るな、と声を上げかけた瞬間、肉がのしかかってきた。

「！」

驚いて目を瞠った視界いっぱいに戸坂の顔が迫ってきて、煙草《たばこ》臭い息が弾んでいる。

卯月は咄嗟に腕を突っ張って、戸坂のスーツを押し返した。

「やめ、……っ何、す」

「ええやないか、佐田には可愛がってもらってるんやろう」

顎から振り払った戸坂の手が腰に回って、ソファの上を引き寄せられた。

ぶよぶよと震えるだけの脂肪を殴るように突っ撥《ば》ねようとすると、下肢だけが抱き寄せられたせいで上体が倒れそうになる。卯月は慌てて肘をついて、ソファの肘掛けを掴んで逃げ出そうとした。

ソファを蹴り、床に転げ落ちてでも這い出そうとしているのに戸坂の体が窒息しそうなくらい重くのしかかってきて、恐怖心が募る。体が冷え、汗が滲んできた。

「そいつはずいぶんじゃじゃ馬でね。おまけに口も悪い」

戸坂の荒い息の合間に佐田の笑い声が聞こえる。

首を捻って正面のソファを睨み付けると、佐田は長い足を悠々と組んで、戸坂に組み敷かれた卯月を眺めているだけだ。

「ふ、ざ……っけるなっ、こんな、っ」

押し潰されそうな体に嫌悪とも怒りともつかない震えが湧いてきて、卯月は奥歯を噛み締めた。

こんなことのために卯月を部屋に呼んだのか。

自分がおもちゃにするだけでは飽きたらなくて、他の組の男の慰みものにもするために。そういう意味での利用価値なのか。

ぐらぐらと腹の底が煮えたぎるように熱くなってくる。

ただ隣で寝ているだけの佐田の体温が心地いいだなんて、錯覚すら感じたこともあったのに。

胸が痛い。抉られるようだ。

「殺、してやる……っ殺し、――……っ！」

どちらの男に対して向けたものか、自分でもわからない。恨み言を吐いた卯月の唇に、戸坂の濡れた唇が押し付けられた。

瞬間、ぞっとして肩をばたつかせる。その体を乱暴に押さえられ、唾液にまみれた舌が強引に押し入ってきた。

「う、……ンぐ……っ」

首を振って逃れようとすると、再び顎を摑まれた。拘束されただけじゃない。今度は指が食い込むほど強く握られて、無理やり歯列をこじ開けられそうになる。

卯月は悔しさで熱くなった目蓋をきつく瞑って、強く奥歯を噛み締めた。歯が砕けそうだ。

煙草と、油の酸化したような匂いの充満した戸坂の舌が卯月の歯列を何度も執拗に舐ってくる。それだけでも寒気がしてくるのに、戸坂が腰をすり寄せてきた。

「……！」

鼻息の荒い戸坂の下肢は、既にいきり立っていた。

スーツのベルトがはちきれるのじゃないかと思うほど大きな腹の下にあって、その存在感がはっきりと感じ取れるほど膨らんでいる。

「まーこのキレイな顔泣かせたくなるゆうんは、わかるわ」

唾液の糸を引いた戸坂の唇が離れてようやく息をつくことができた。

臭い涎《よだれ》が顎まで広がって、今すぐ拭《ぬぐ》いたいのやまやまだが今はこの下から這い出すのが先だ。卯月は肘で戸坂の顔を押しやり、ガラスのテーブルに手を伸ばした。

誰が淹《い》れたのかしらない、コーヒーが注がれたカップが揺れて受け皿を汚す。構わずにテーブルに爪を立て、体を逃がそうとした。しかし下肢を捉えられて、引きずり戻される。

「っ、！　くそ……っやめ、ろっ」

「あんた、アッチの具合が相当ええんやろなあ。佐田のダンナを毎晩咥《くわ》え込んでるっていうお尻《しり》、ハメさせてもらおうか」

うなじに唇を寄せた戸坂が、粘ついた声で囁いた。

全身に鳥肌が立って、舐め回された口から昼食を戻しそうになった。

胸が痛い。胸が痛い。錐《きり》でも突き刺されて掻き回されているようだ。

戸坂の荒い息遣いの合間に、性急な手つきでベルトを外す金属音がした。興奮しすぎて息も継げないのか、戸坂の呼吸はたまに気管が詰まったような音をたてている。

卯月の片腕を捻り上げるように背中で押さえて拘束しながら、戸坂は熱い舌を首筋に這わせてきた。

卯月は、その様子を冷たく笑って見下ろしている佐田を見た。

佐田は卯月をおもちゃだと言った。

自分が路地で偶然拾ったおもちゃを、誰に遊ばせようとそんなのは佐田の自由だ。

あの時に死んだのだと思えば、卯月の肉体がどうなろうとどうでもいいはずのことなんだろう。事実、戸坂の言うとおり佐田には好きにさせている体だ。

佐田に抵抗することは諦めているのに、他の人間には駄目だなんてことがあるだろうか。それじゃ、佐田にだけ許していることになってしまう。

卯月の体は、もうどうなってもいいのだ。

後は死んで腐敗していく時を待つだけなんだから。

卯月の体から力が抜けていくと、ますます息を荒くした戸坂が拘束していた腕を離した。

「な、なんや急におとなしくなって……あんたも、勃ってきたんと違うか」

引き攣るような笑い声を漏らした戸坂が卯月のパンツのベルトに手をかけた、その時。

ひゅっと短い音がした。

聞いたことのない音だと卯月が眉を顰めると、急に部屋が静かになった。さっきまで耳を塞ぎたくなるくらいうるさかった戸坂の荒い鼻息が聞こえない。

反射的に、卯月は背後を振り返った。

「う、ぐ……ぁ、っ」

身を起こした卯月の背後で、戸坂が胸を抑えて蹲《うずくま》っている。その顔色が、見る間に青黒くなっていく。

「おやおや、戸坂さん。持病の発作じゃないんですか」

「あ、あんた……まさか、」

コーヒーに何か仕込んででもいたのか。卯月が振り向くと、佐田は相変わらず悠然と座ったまま首を竦めてみせた。

「ぁ、……っう、ァ、」

戸坂がスーツの内側を探って小さな銀製のピルケースを取り出す。太った手でうまく開けられないのを卯月は代わりに開くと、それを逆さにした。

何も出てこない。二度、三度と振っても。

「ニトロ切れですか、運がない人だ」

戸坂の呻き声を掻き消すように、佐田の快活な笑い声が響いた。

戸坂の巨体がソファから転げ落ちて、何度も大きく痙攣する。

「きゅ、救急車――……！」

佐田のデスクにある電話を取りに、卯月は駆けた。

いつしか苦しげな戸坂の声が弱まってきている。

「残念でしたね、戸坂さん」

背後で戸坂を見下ろした佐田の声がした。電話を手に、振り返る。

「どういうわけか、卯月に関わる人間は不幸に見舞われるらしい。俺以外はこいつに指一本触れることもできないんです」

小さな目を充血させて見開いた戸坂の顔を、佐田は優雅に微笑んで見下ろしている。

卯月の耳元では救命救急センターの職員が状況説明を求めていた。

――救急車を呼んでも、助かるはずがない。

だって、卯月が戸坂を殺したいと思ったんだから。

足元から震えが走って、卯月は絨毯の上に座り込んだ。

さっき抉られるように傷んだ、胸の前を握りしめる。久しぶりに感じた胸の疼きは、戸坂の死を感じたそれだったのか。

利用価値というのはこういうことだ。

佐田が邪魔な人間を殺すために、卯月は便利なんだろう。

今まで何人もの人を不幸に追いやっても、卯月自身は罪に問われたことはない。卯月が刃物を持って殺しに行くわけではないのだから当然だ。卯月の体質を警察が立証することだってできない。

これは犯罪にならない。だから、佐田は卯月を拾ったのだ。

「ぁ、……んた、っ」

引き絞るような声で戸坂が呟いた。

「仰るとおり俺は人間を信用してなくてね。なのに、どうして俺がお前なんかに大事なおもちゃを見せたと思う？　卯月を見せびらかせば絶対にお前が手を出すってわかってたからだよ」

青くなった唇から泡を吹いている戸坂を眺めながらコーヒーカップを手にした佐田が、中身を飲み干した。

卯月は膝の上に落とした手に握りしめた電話の通話ボタンを切り、呆然とその姿を仰いでいることしかできなかった。

「誰が俺のおもちゃで遊んでいいって言った？　勝手に劇薬に触って自滅しただけだよ、お前は」

苦しげな息を吸い上げる音がひときわ大きく聞こえたかと思うと、やがて戸坂の腕が絨毯の上にどさりと落ちた。まるで、糸の切れた操り人形のように。

それを見届けた佐田がゆっくりソファを立ち上がる。

「――安らかに、Ａｍｅｎ《アーメン》」

目の前の死を悼むでもなく、嘲るかのような囁き声が室内に響く。

卯月の耳を、他の誰でもない自分自身の心臓の音が叩いた。

佐田が踵を返して、振り返る。その視界に捉えられる前に、卯月は絨毯を転げるように駆け出していた。

「卯月」

佐田の声を背中に聞きながら社長室の扉に飛びつく。震える手でノブを捻ろうとすると、重厚な扉が外側から押し開かれた。そこに立っていたのは浅井だった。

「っ」

いつもと変わらない出《い》で立《た》ちに、両手に白い手袋を着けている。

どうか、と尋ねられる前に卯月は浅井の横をすり抜けて部屋の外に飛び出した。もう一度背後で佐田が卯月を呼んだかもしれない。だけど立ち止まる気にはなれなかった。

心臓が、ますます強く打っている。

戸坂は暴力団の組長だし、悪いこともしていたのかもしれない。

嫌だという卯月を抑えこんで、犯そうともした。死ねばいいと思ったけど、それでも人が死ぬのは嫌だ。しかも、自分のせいで。

佐田は卯月を殺人の道具だと思っている。

こんなことなら、性処理用のおもちゃにされたほうがまだましだ。

「あれ、兄さん？」

廊下を駆けて行くと青山とすれ違った。でも、無視をして通り過ぎた。

卯月と言葉を交わせば、青山だって死ぬかもしれない。

青山の人懐こい笑顔が青白くなっていくのなんて見たくはない。

親しくした人も、大切な人も、誰のことも失いたくないのに卯月の周りには不幸ばかりだ。それどころか、大切にも思わない、死んで欲しい人だって簡単に殺せてしまうのか。

長い廊下を駆け、エレベーターの前を通りすぎて非常階段に向かうと途中で躓《つまづ》いて卯月は勢いよく転んだ。


「――……っ、ぅ……」


堪えていた涙が、零れ出す。

望んでもいない不気味な体質を、信じざるをえない状況になると人はみんな卯月を恐れた。

何も言わなくても信じたのは佐田だけだったし、気味悪がらなかったのも佐田だけだ。あんな屈辱さえ味合わされることがなければ佐田をいい人だと勘違いしたかもしれない。

だけど、そんなふうに思わなかったのは幸いだったのだ。

結局佐田は卯月のことを信じたからこそ、利用しようとしたのだから。

「卯月、どこに行くつもりだ?」

冷たい廊下に座り込んで唇を噛んだ卯月の耳に、佐田の靴音が近付いてくる。

「行く場所なんかないくせに」

帰る場所をなくしたのは、佐田だ。

震える拳《こぶし》を膝の上で握りしめて、卯月は煮えるような思いを押し殺した。

「――……あんただって、すぐに不幸な目に遭う」

代わりにやっとのことで声を絞り出すと、卯月は涙と戸坂の涎で汚れた顔を袖口で乱暴に拭《ぬぐ》った。

「いいや、遭わないね」

「遭わせてやる！」

「残念ながら、無理だ」

噛み付くように振り返った卯月を佐田は苦笑して見下ろしながら、腕を差し出していた。

佐田の手なんか借りなくても立ち上がれるし、今は立ち上がりたくもない。

どこへも行けないし、どこへも行きたくない。

卯月はまた涙が滲んできそうになる顔を伏せて、唇を噛んだ。

「なんで、――……あの人を、」

「仕事上のトラブルがあってね。まあ、よくある話だ」

いつまでも俯いたままでいる卯月に業を煮やした佐田が、腕を掴んで強引に立ち上がらせようとした。

その腕を、振り払う。すぐにまた肩を摑んで引き上げられると、卯月は佐田の顔を睨み付けた。

「そんなことに俺を巻き込むのはやめろよ！　俺はただ死にたいだけなのに、なんで……！」

「死にたい？　嘘だろ」

ふと笑みを掻き消した佐田の表情は、まるで卯月を軽蔑《けいべつ》しているように見えた。今まで卯月を文字どおりおもちゃのように扱っても、こんな目で見られたことはない。「自滅」していく戸坂を見下ろした冷徹な表情そのものだった。

「嘘、……じゃない。本当に俺は……」

苛立っているのに、恐怖で声が掠れる。

佐田の顔を直視できない。

「じゃあどうしてここに来てから、差し出された飯をきちんと食べてるんだ？　喉が渇いたら水を飲んで、風呂で体を清潔にして、ベッドに潜って眠るだろう」

「そ、——それは、あんたが……」

唇が、抑えきれないくらい震えてくる。

小さい頃からずっと、自分が生きる意味を考えてきた。自分が生まれてこなければ、叔母に引き取られず野垂れ死んでいれば、学校に通わなければ、友達ができなければ、自分がいなければ良かったのにと思ってきた。

消えてしまいたいのは本当だ。

だけど、じゃあどうしていつも恐怖に竦んでしまうんだろう。死ぬつもりなら佐田を怒らせようとなんだろうと、何も怖いことなんてないはずだ。

佐田の言うとおりだ。

毎日青山が運んでくる食事をとって、水を飲んで、このビルの屋上から飛び降りれるのかどうかすら、卯月は調べていない。

「――……っ、」

息をしゃくりあげて、溢《あふ》れてくる涙が零れないように強く目蓋を閉じる。

自分なんて、泣くのもおこがましい。

「生きようと思うのは動物の本能だ。お前が生きることを、誰も責める筋合いはない」

体を強張らせた卯月を壁に押し付けて、耳元で佐田が甘く囁いた。

まるで、生きろという誘惑だ。

だけどそんなもの、佐田の大事な道具だからそう言っているだけだ。

「お前だって本当は生きたいんだ。生まれてきた以上、死にたくはない。当然のことだ」

「違う、……俺は、生きてちゃいけないんだから、」

力なく首を振ると、それを佐田の掌が押さえた。

顎を摑まれて、顔を仰向かされる。

濡れた睫毛を上げると、ギラギラと光る佐田の眼《め》が卯月を覗き込んでいた。

「他人を踏みつけてでも自分だけは生き延びたいと開き直れよ。動物の死肉《ニク》を食らって空腹を満たすことと何が違う？　お前は他人の命を犠牲にしてここまで生きてきたんだ。みんな同じだ」

「違う！」

耳を塞いで顔を背けたいのに、佐田の手がそれを許してくれない。

それどころか顎を摑んでいた佐田の熱い掌が滑り降り、卯月の体を磔《はりつけ》にするように首を押さえる。

ぐっと体重をかけられると、圧迫感で卯月は顎を上げた。

「違うものか。お前の能力を正しく理解する人間がいなかったから謂《いわ》れのない苦しみを味わってるだけで、お前はただ生きてるだけだ。生きているものの本能として、死を忌避することは当然だ。抗えない」

「ち、が……っ」

見開かれた佐田の瞳の色が淡くなると、怖くなって卯月は目を瞑った。目蓋を閉じても佐田の視線が突き刺さってくるようで、恐ろしい。

首の締め上げが強くなって卯月は喘《あえ》ぐように唇を開いた。

喉仏が押し上げられて行くのを感じる。卯月は咄嗟に佐田の腕に手をかけた。

「ほらみろ。苦しければお前は俺の手を振り払おうとするんだ。死にたくないからだ。お前は生きたいんだ」

佐田の手の力が緩むと、大きく咳《せ》き込みながら卯月はその場に崩れ落ちた。堪えようとしても、息を吐き出して肺が縮むと胸いっぱい空気を吸い込んでしまう。

息を止めてさえいれば、いずれ脳に酸素が行き渡らなくなって何も考えられなくなるのに。

そうできないのは、動物の本能だ。

「だか、……らって、あんたに利用される、筋合いは……」

咳き込みながら肩で息をする卯月が佐田に支えられながらその顔を見上げると、さっきまでのぞっとするような冷たい表情は消え、いつもの人を見下したような笑みが浮かんでいた。

「お互い様だ」

「は？　……何を、」

佐田が卯月を一方的に利用するだけのために卯月を飼うのに、お互い様もなにもない。

胸を押さえて呼吸を整え、やっとのことで佐田の腕から離れようとすると、その肩を強引に抱き寄せられた。

「！」

唇が近い。

目を瞠った卯月がその胸を押しやろうとする前に佐田の長い睫毛が落ちて、頬に影を落とした。

佐田の甘い吐息が、卯月の鼻先を擽る。

今はもういない戸坂の唇の感触を思い出すと吐き気を催してくるが、毎晩のように強いられているヤクザな悪魔と疫病神。


せいで佐田のそれにはもう慣れてしまった。

だからといって甘んじて受け入れる必要はないのに。

「——お前が俺を望んだから、お前はここにいるんだ」

微かな、消えるような声で佐田が囁いた。

どういうことかと尋ね返そうとして卯月が唇を開くと、言葉を紡ぐよりも先に佐田に塞がれてしまった。

まるで戸坂の感触を吸い出すかのように。

*　*　*

その晩、卯月は夢を見た。

他に何もない暗闇で、卯月と佐田だけがいる。

床も天井もない、立っているのか寝ているのかもわからない空間で佐田が卯月の首を絞めている夢だ。

苦しくて、苦しくてもがいて佐田の手に必死に爪を立てるが佐田はニヤニヤと笑うばかりで手を緩めてくれない。その顔は「どうだ苦しいか」「生きたいだろう」と言っているかのようだった。

生きたいと言えば許してもらえるのか、それともこのままでいれば卯月の望みどおり殺してもらえるのかもわからないまま、やがてごくん、と鈍い音が体内で響いたかと思うと卯月の意識は完全な闇になった。

たぶん、これが死というものなのだろう。

何もない、空間という概念さえない闇の中で佐田の声が聞こえた。

これがお前の望んだものか？　——と。

目を覚ますと、佐田の姿はなかった。

それもそのはずだ。卯月はずいぶん長い間夢を見ていたようで、時計の針は正午を指そうとしていた。

ついこの間まで眠り方も知らなかったのに、いい加減なものだ。

いっそのこと目覚め方を忘れてしまえばいいのにと自嘲《じちょう》しながらベッドを出ようとして、気付いた。

卯月は夢の中の佐田に首を絞め殺されて、夢精していた。

「兄さんー、組ちょ……社長がお呼びすよー」

下着を洗濯するついでにシャワーを浴びていると青山の声がした。ついで、長谷川が青山を怒鳴りつける声。

昨日の今日で呼び出されて、のこのこと社長室に行く気にはなれない。

結局あの後戸坂の遺体がどうなったのかは知らないが、卯月と入れ違いで部屋に入ってきた浅井が対処したのだろう。

佐田は卯月を使って戸坂を殺すつもりだったようだが、実際に絶命するタイミングまでわかっていたはずはない。戸坂が社長室で死ぬか、あるいは卯月をたっぷりと犯した後で自宅に戻ってから死ぬか、それとも半年後に死ぬかなんて卯月自身だってわからないのに。

だけど浅井は計ったかのように入ってきた。しっかりと手袋まで着けて。

佐田が何を考えているのかわからない。

今までは、そんなことを知っても何にもならないと思って諦めてきた。佐田がどんなに思わせぶりなことを言っても、ただのはったりだろうと。

しかしそうではないようだ。

――俺は、知ってる。お前が何者なのか。

初めて犯されたあの晩、佐田は確かにそう言った。

頭上から降り注ぐ熱いシャワーを止めて、卯月は鏡の中の自分を覗き込んだ。

「――……お前は、何者なんだ？」

ぽつりと、呟く。

鏡の中の卯月が、微笑んだような気がした。佐田に似た表情で。


「い、……いらっしゃいませ」

ベストを着けた店員の頬が引き攣っている。

佐田の運転する高級外車が乗り付けたのは一等地にある鉄板焼きのお店だった。

なかなか社長室に行きたがらない卯月を裸のままバスルームから連れ出した佐田は、無理やりスーツを着せて車の助手席に放《ほう》り込んだ。

メシを食べに行くぞと告げられたのは、車が走り出した後だ。

「は……？　別に、俺は」

「そうだな、ステーキがいいか」

左側の運転席でハンドルを握った佐田が笑って初めて、昨日の嫌味の続きかと腑《ふ》に落ちた。

卯月が所詮《しょせん》口先だけで死にたいと喚いてるだけの子供だと笑うためにわざわざ連れ出したのか。

「不服そうだな？　食べるのが嫌なら、お前は指でも咥えて見てろよ。旨《うま》そうに食べる俺の目の前で、水も飲むなよ」

子供じみている。

卯月は睨み付ける気もなくなって小さくため息を吐くと、「そうするよ」と小さく呟いた。

それがほんの数分前のことだ。

メニューに値段の書かれていない鉄板焼き店にはジーンズ姿の客なんて一人もいない。店内で料理人が黙々と霜降り肉を焼き上げていて、店内には静かなクラシックが流れていた。

多くない客席はほぼ満員だったが、話し声はしない。

正確には、おそらくさっきまでは穏やかな会話が聞こえていたのかもしれない。佐田が店内に入るなり、ぴたりとやんだ。

「こちらのお席で、いかがでしょうか」

額に汗を滲ませてテーブルを勧めた従業員を一瞥もせず、佐田は腰を下ろす。卯月は周囲を気にしながら、その正面に掛けた。

まさかこの店の中にいる誰かを殺せというわけではないだろう。

さっきまでは佐田が食事に誘うなんてつまらない嫌味だとばかり思っていたのに、今はただの嫌味であって欲しいと願っている。

「ほ、……本日は、Ａ５ランクのランプ肉が神戸より入荷したばかりで……」

水をサーブに来た従業員の手が震えている。声も。卯月は訝しく思いながら、自分の前に差し出されたグラスに手を伸ばした。

「すみません、俺は——」

客ではないので。申し訳ないけれど、そう言おうとした時佐田が手を上げた。

従業員がビクリと肩を震わせる。

「じゃあそれをレアで焼いてくれ。二人分だ」

「か、かしこまりました」

卯月の前にグラスを置いた従業員は深々と頭を下げるとまるで逃げ出すように足早に踵を返した。

なんだか、妙だ。

店内を見ると、佐田のことを盗み見るように意識しているのに頑《かたく》なに背を向けている者や、食事も半ばでそそくさと席を立つ老夫婦もいた。

「俺はいいって言っただろ」

「ヤクザってのはメンツが大事なんだとさ。俺が連れに何も食わせてないなんてところを見られたら、組の看板に傷が付くらしい」

どこか落ち着きの欠いた店内のことなど気にする様子もなく、佐田はいつものようにゆったりと足を組んで、声を潜める様子もない。

さっき引き返したばかりの従業員が、今度は白ワインと炭酸水を注ぎに戻ってきた。卯月にはワイン、佐田には炭酸水だ。

視線を伏せて取り繕ってはいるが、唇が震えている。名札を見るとフロアマネージャーのようだ。年齢も若くない。佐田のほうが年下に見える。

「……ヤクザって、いつからやってるの」

従業員が再びテーブルを離れたのを見計らって、卯月は小さな声で尋ねた。

看板に傷が付くらしいなんて、まるで誰かの受け売りのように言うからだ。

「俺が日本に来たのが五年前だから、……三年前くらいか」

「三年？」

思わず声を上げて、卯月は慌てて自分の口を塞いだ。

五年前までどこにいたのかとか、そんなにすぐ自分の組をもてるものなのかとか、あのビルを建てたのはいつなのかとか、疑問点が多すぎる。

卯月が目を瞬かせていると、佐田は肘掛けに頬杖をついてどこか満足そうに双眸を細めた。

「日本でこの商売をすると決めてからは、俺のやりたいことを邪魔する人間をすべて嬲《なぶ》り殺しにしてきたからな。誰も俺に逆らう気がなくなるまで、徹底的に」

左田は唇に弧を浮かべて、長い指で撫でた。

その手が血濡れているように錯覚して、卯月の背中を寒気が走った。

料理人の元から、湯気を上げたステーキが運ばれてくる。卯月は佐田に促されるままナプキンを胸に挿した。

「金を持っている奴は俺の必要なだけ金を寄越《よこ》さなければ殺す。警察が難癖をつけてくれば殺す。俺が好きで殺してるんじゃない。俺の邪魔をするから殺すんだ。俺に従えば殺さない。――そうしているうちに組員は増えたし、この街で俺に逆らう人間はいなくなった」

音もなくステーキにナイフを刺した佐田が、恍惚とも見える表情で微笑んだ。

店内の、昏い気配を感じる。

ここにいる人の大半が、佐田が何者かを知っているのだ。だから、さっきから空気が重い。

卯月は腹の底が落ち着かないような居心地の悪さを覚えて、周囲を見回した。

誰も卯月と目を合わそうとしない。当然だ。

たった三年でこの街を支配したという佐田が、どれだけの人を恐怖に陥れてきたのかと考えると、ぞっとする。

二年前に叔母の家を出てこの街に越してきた卯月も、誰か友人でもいれば佐田の噂を聞いたことがあったのだろうか。そんなことは望めるはずもないが。

「別に俺は暴君ってわけじゃないからな。金だって余計に欲しがることはないし、融資してくれれば相手にメリットも与える。それに、今はすっかりおとなしいもんだよ。俺は別に金儲《もう》けも、人殺しも趣味じゃない。土台固めを急ぐために必然的にそうなっただけのことだ。食えよ。美味《うま》いぞ」

そう言われても、人殺しを前にして食欲など湧くはずもない。

もっとも、卯月だって似たようなものだ。しかし卯月は好んで人を殺したことは一度もない。むしろ自分に必要な人ほど亡くしている。

「戸坂も潮時だったんだよ」

「！」

鉄板の上で透明な油を跳ねさせているステーキに視線を伏せていた卯月は、弾かれたように顔を上げた。

「対外的には佐田組《ウチ》の世話役を買ってでてるってことにはなってたが、実際のところは腑抜けてただけだ。自分のところの舎弟を殺《ケ》されて、カチコミ一つかけてこない」

予想外に優雅な手つきでステーキを口に運ぶ佐田は、落胆の色を隠しもしない。

佐田と戸坂の付き合いは長そうだと思ったがそれは本当だったのかもしれない。まるで、友人に会えなくなった子供のような表情だ。ただ、悲しいとか寂しいというよりは、つまらないという面持ちではある。

「舎弟、……」

「お前を拾った日、あの汚い路地で殺した男だ。……ああ、お前の遺体ってことになってるんだったな」

ぎくりと体を強張らせて、卯月は喉を鳴らした。

震える手をグラスに伸ばし、冷たい水を呷った。乾涸《ひから》びた体に癖のない軟水が染みていく。

「俺がやったっていうのはわかってるはずなのに、まるでご機嫌伺いみたいに笑って面出《ツラ》しやがって。挙句、お前に手を出そうなんてな。詫《わ》びの品だとでも勘違いしたのか知らねえが。俺と穴兄弟でも名乗るつもりだったのかもな」

乾いた口内を水で潤すと、今度は目の前のステーキがやけに美味しそうに見えてきた。腹の虫がぐうと鳴る。

正面の佐田を盗み見ると、卯月のことなど気にも留めていないようだ。

おそるおそるナイフとフォークに手をかけて、一口、赤い断面図を見せるステーキを口に運んだ。

舌の上で脂が蕩けて、甘みのある肉が喉へと滑り落ちていく。

自然と、二口目へも手が伸びていた。

「他の組とトラブルになったら、……まずいんじゃないのか」

「さあ？　俺は政治的なことに興味がなくてね。生きるか死ぬか、それだけだ。あいつは死んで、俺は生きてる。それがすべてだろ」

いともあっさりと言って、佐田は炭酸水に手をかけた。

その姿だけを見ているとどこかの貴人のようでもある。会話の内容は血なまぐさくて、そのシンプルなロジックは動物的でさえあるが。

「俺は死なない。他の何がどうなろうと、生きてさえいれば何でもやり直せる。死ねば何もかもが、不可能だ」

卯月はステーキを口に運ぶ手を止めて、視線を泳がせた。

これは昨日の嫌味の続きなのかもしれない。

だけど佐田の言うことは一貫している。卯月に死ぬなんて馬鹿馬鹿しいと訴え続けているようだ。

そういう意図なのかと尋ねれば「いいや、お前を利用するためだ」と笑うかもしれない。

――それでも、今までに卯月に「生きていろ」と言った人なんて一人もいなかった。

喉を鳴らしてステーキ肉を飲み込むと、胸の中が暖かくなっていくような気がした。

「……あんただって、郷野組の鉄砲玉みたいなやつに突然襲われるかもしれないのに」

こんな人の多い街中に出てきて大丈夫なのだろうか。

卯月が佐田の心配をする筋合いはない。でも、佐田が先に死んだら困る。佐田を殺しに来たやくざ者が、卯月のことまで殺してくれるかどうかはわからない。

「俺は死なないから大丈夫だ」

卯月の前のワインのグラスにいつまでも口を付けずにいると、佐田が手を伸ばしてきた。それを取り上げて、テーブルの端に置く。

佐田が自動車事故を起こすのは自由だ。同乗している卯月だって死ねるかもしれない。だけど、他の人間を巻き込む可能性が高すぎる。

「——ああ、そうか。……そのために、俺を連れて歩いてるのか」

いつも佐田がどこでどんな食事をとっているのかなんて卯月は知らない。おそらく、いつもは浅井や他の組員と食事をしているのかもしれない。

だけど戸坂が亡くなった翌日に限って唐突に卯月を誘ったのには、意味があるんだろう。

「つまり、誰か襲ってきた時に俺を盾にすれば相手が死ぬだろうから——」

「なんでそんなことをする必要があるんだよ。俺には必要ない」

笑い飛ばす気さえ起こらないというように、佐田が大袈裟に肩を落とした。

「お前を盾にする余裕があれば反撃するさ。そもそも戸坂が死んだのは狭心症の持病のせいだ。郷野組が俺を襲う理由がない」

「――……舎弟を殺したくせに」

しかし確かに佐田の言うとおりだ。自分の馬鹿げた妄想を恥じながら卯月が苦し紛れに言い返すと、佐田も「それもそうか」と快活に笑った。

とても笑えるような話ではないはずなのに、いつも妖しげな微笑みしか浮かべない佐田がたまに大きく口を開けて笑うと、なんだか胸が疼くような気がする。

左胸に刺すような、嫌な痛みじゃない。もっと胸の真ん中を擽られるような、そんな気分だ。

「メシを食いに来たのはただの気分転換だよ。お前はほっときゃ一日中家の中にいるだろう」

「な、軟禁してるあんたがよく言う……！」

握りしめたフォークをテーブルに置いて身を乗り出すと、その手元を一瞥した佐田が従業員に手を掲げてチェックと短く告げた。

気付いたら、卯月の前の鉄板は空になっていた。

今まで食べたこともないような高級な肉の味に、結局食べ尽くしてしまったらしい。これでは、佐田に笑われても仕方がない。

だけど食事をたいらげた卯月を佐田は笑わなかった。

先に椅子を立ち上がって、まだナプキンを付けたままの卯月に手を差し出す。

「そうだな。だから、俺と一緒なら出掛けられるだろう。――さて、服でも見に行くか。お前も好きなものを選んでいい」

見とれて一瞬反応が遅れた卯月の胸元からナプキンを取り上げて、佐田が椅子を引く。

これじゃまるで、エスコートされている女性のような扱いだ。卯月はカッとなって、勢いよく立ち上がった。

「お、俺はべつに出掛けたいと思ってなんか……！」

左手でサインをした佐田に強引に促されて、店を出る。

従業員を始めとして店の中にいた客は今頃心底ほっとしているだろう。思えば、あんなところですべき会話ではなかった。卯月は周りの人にどう思われたかと思うと早くも家に戻りたくなった。

「安心しろ、すれ違っただけで死んだりしない。もっとも、お前を口説きにくる奴がいたら保証はしないがな」

沢山の人であふれる繁華街に眩暈を起こしたように立ち竦んだ卯月の手を、佐田が引いた。

「ちょっ、……！　そ、そんなことあんたが保証することじゃないだろ」

手を振り払おうとしても、容易に解《ほど》けない。

また大きく口を開けて笑った佐田は店の前に車を置いたまま、ブランドの名前が連なる店の前を歩いて行く。

以前、美容室の帰りに卯月が車で通りかかったあたりだろう。

あの時はガラス一枚隔てて見た車外の景色が、まるで自分には縁のないものに見えた。実際今までこんなところを誰かと歩いたことなんてなかったし、これから先もそうだろうと思っていた。それなのに卯月は今、他の道行く人たちと同じようにレンガ敷の舗道を歩いている。佐田と一緒に。周りから見た自分たちは、いったいどんなふうに見えているんだろう。

佐田は何やらさっきから上機嫌そうだ。さっきは好きな服を買ってもいいと言っておきながら、卯月が何も選ばずにいると「お前はこれを着ろ」と言っては勝手にシンプルなラインのスーツやカットソーを購入していく。

今まで佐田に用意された服で卯月の体に大きすぎたり窮屈だったことはないが、どうもサイズを熟知されているらしい。卯月が試着することなく、佐田は店のスタッフにサイズを告げて選ばせている。

「服って、……あんたの服を買うんじゃないのか」

「気に入った服があれば買うさ。ただ、お前に似合う服はお前が着ろ」

そんなことを言って、卯月の服ばかり十数点も一つの店で包ませ、宅配しろと言う。

配送先の名刺を見せるとどこの店でも店員の顔色が変わるのが、卯月にはいたたまれなかった。

三軒目にもなると卯月は佐田の相手をするのも馬鹿らしくなって、店内の椅子に腰を下ろしてショーウインドウの外を眺めていた。

佐田の選ぶ店はどこも高級なブランドのようで、店の外にはたくさんの人が行き交っているのにみんなガラス越しに羨望《せんぼう》の眼差《まなざ》しを向けてくるだけだ。

近くに喫茶店があるのか、さっきから目につくカップルがみんな手に暖かそうな紙製のカップを持っている。プラスチックの蓋には飲み口もついているようだ。

不思議なもので、カップを持った人を眺めていると中身の味が想像できるような気もした。きっと甘くて、ほっとするような味わいなんだろう。カップを呷った人のほどけた表情が物語っている。

だけどそれが飲み物のおかげでそんな顔になるのか、それとも大切な人と一緒だから無防備な笑みを浮かべてしまうのかまでは、卯月にはわからない。

どちらにせよ道行く人は楽しそうにしている。それを眺めているだけでなんだか卯月まで幸せになるくらいに。

「なんだ、あれが飲みたいのか」

「！」

ぼんやりと往来を眺めている背中に聞き慣れた声が響いて、卯月は身を竦ませた。

初めて会った時から、不思議と佐田の声は甘く聞こえる。だけどたぶんあのカップの中身とは似ても似つかないだろう。

「っ、どうしてあんたはそうやっていちいち人の心を見透かしたようなことを――」

気恥ずかしさを押し隠すように文句を言いながら腰を上げると、目を眇めた佐田がにやりと口端を引き上げて笑った。

咄嗟に、口を噤む。

図星だと告白したようなものだ。

「じゃあ次はコーヒーでも買いに行くか」

深々と頭を下げる店員を一瞥もせずに、佐田が再び卯月の手を引く。卯月は慌てて彼らにぎこちなく会釈をすると、佐田に引きずられるように店を出た。

「あれか。卯月、何を飲みたいんだ」

カップを持った人の来る方向を見ると駅前に緑色の看板を掲げたコーヒーショップがあった。

さっきまで佐田が足を運んでいた鉄板料理屋やブランドの店とは違って、だいぶ庶民的な店だ。今までだって卯月が入ろうと思って入れなかったことはない。だけど。

「――……知らないよ、入ったことないんだから」

男女のカップルや若い友達同士で賑わう店内やテラス席は、どの人も弾むような声で笑っていて卯月には気が引けてしまった。

もしこの場にいる人に何か不幸を伝染させてしまったらと思うと、恐ろしくて近付いたこともなかった。

今も、気付くと腰が引けてしまっている。

「そうか、俺も初めてだ」

しかし、そう嘯いた佐田が卯月の手を強く引いて店内へと導いてしまう。

店の入口に立ってカップを口にしていた女の子たちが佐田と卯月の様子を見ると、甲高い声を潜めて何やら噂していた。とてもさっきまでのような、佐田に怯《おび》える様子とは違う。

従業員か誰かだろうかと思ってそちらを見ると、また佐田に腕を引かれた。

「卯月」

背中にしたたか鼻をぶつけそうになって、慌てて踏みとどまる。卯月が不服そうに顔を上げても、佐田は少しも堪《こた》えた様子はなかった。

「俺と同じものでいいか」

「……なんでもいいよ」

レジ前のメニューを見ても、いまいち味が想像できない。それよりも幸せそうにカップを傾けている人たちを見ている方がいいくらいだ。

コーヒーショップでさえカードで支払いを済ませた佐田は、程なくして二つのカップを受け取ると店を出た。

「店で飲むのかと思った」

ようやく手を離してもらえたかと思うと、その掌にカップを押し付けられる。

店名ロゴの印刷されたホルダーのつけられたカップは、じんわりと卯月の手を暖めてくれた。だけど、佐田の手だって決して冷たかったわけじゃない。

卯月はなんとなく、コーヒーを持つ手を変えて佐田の斜め後ろを歩いた。

「飲みながら歩きたいのかと思ったが、違うのか」

目を瞬かせて、佐田が振り返る。

暖かいコーヒーを手にしたからか、なんだかその表情もとたんに無防備そうに見えた。

「べつに、……どっちでもいいけど」

「なんだ、じゃあそこの公園にでも入るか」

佐田が手を上げると、反射的に卯月はぴくりと指先を震わせてしまった。

佐田はただ、公園の方を指しただけだ。別に、手を引かれたいわけじゃないのに。

「こ、……こんなコーヒー、外国で飲んだことあるんじゃないのか」

自分を取り繕うように卯月は尋ねた。

確かこのコーヒーショップは海外に拠点があるチェーン店だし、佐田なら卯月のように臆《おく》することなく店に入れるはずだ。

「俺が？　一人で？　こんな甘いコーヒーを？」

「……飲むわけないか」

卯月が首を竦めて唸るように言うと、佐田が声を上げて短く笑った。

高層ビルに囲まれた小さな公園は、それなりに人が集まっていた。ベンチのそばに椿《つばき》が咲いていて、それを楽しんでいる老人もいる。

卯月がそれを一瞥すると、佐田がベンチを指した。

公園にはベンチしか座る場所はない。卯月が椿を眺めたいと思ったから、佐田が促したわけではないかもしれない。だけど卯月はどこか照れくさくなって無言で小さく肯くと、佐田と隣り合ってベンチに腰を下ろした。

誰かと美味しいものを一緒に食べて、美しいものを眺め、楽しい思い出を共有する。

卯月が一生経験することがないと思っていたことばかりだ。

きっと佐田は気まぐれにしたことで、気分転換でしかないんだろう普通のことだ。

だけどこんな普通のことが卯月にとっては絵本の中のことのように特別だった。

あの時佐田に殺してもらっていれば、こんな日も来なかったんだろう。佐田が殺してくれなかったせいで、今、佐田とこうして椿を眺めている。

——なんだか、変な気分だ。

肩の力が抜けて、強張りが解けていく。

卯月は両手でカップを握り直すと、蓋についた飲み口にそっと唇を押し当てた。

初めて飲んだコーヒーは、甘くてやわらかい味がした。

「社長ぉ！　兄さん独り占めするのズルくないすか⁉」

社長室に青山の声が響き渡る。

何事かと扉を開け放った青山の姿を振り返ると、彼はひどく大真面目《まじめ》な顔で憤慨していた。ソファに掛けた卯月が少し体を傾けてその背後を窺ったが、今日はお目付け役の長谷川の姿はないようだ。

青山は体こそ大きなものの、その思考回路も言動も、ひいては食の好みまでまったく子供そのものだった。仕事の働きとしては申し分のない青山を長谷川が放っておけないのも肯ける。

「独り占め？　なんのことだ」

自分のデスクで新聞を読んでいただけの佐田は突然の言いがかりに眉を顰めて顔を上げた。

ボスのそんな表情にも臆することなくズカズカと社長室に歩み入ってきて、青山は卯月の掛けたソファの前に立ちはだかる。その背中を仰ぐと、不意に青山がバッと両腕を広げた。まるで、卯月を佐田から庇《かば》うように。

「最近、兄さんが自分とご飯食べてくれないんすけど！」

背を向けられた卯月には青山の表情も、それを受けた佐田の反応も見えない。

ちょっと身を乗り出せば佐田の顔くらいは見えたかもしれないが、そうすることも忘れていた。唖《あ》然《ぜん》と、青山の後頭部を仰いでしまっていて。

「……それがどうかしたか」

おそらく佐田もあっけにとられていたのだろう、少しばかりの間を置いて、訝しげな佐田の声が聞こえた。

「社長、最近兄さんとご飯食べてるんでしょう！　ズルいすよ、社長ばっかり！」

「狡《ずる》くはない。卯月は俺のものだ」

そう応えた声が笑いを堪えているように聞こえて初めて、卯月は青山の体の陰から佐田の顔を覗いた。

最近、佐田が屈託なく笑う顔を見ていると変な気分になる。

佐田に買ってもらったコーヒーを持った時の暖かさが思い出されて、甘い味が体の中にまだ残っているように感じた。だからつい、佐田が笑うとその顔を仰ぎ見てしまう。

卯月があまりに過敏に反応して佐田の笑う顔を窺うものだから、その様子が面白いと言って佐田がさらに笑うこともあった。笑われているというのが正しいかもしれない。だけど、不思議と悪い気はしなかった。

このところは、佐田に苛つきを覚えることも少なくなった。

青山の言うとおり、食事も一緒にとっている。

「兄さんがウチに来た時、社長、自分に世話を頼むって言ったじゃないすかあ！　それなのに、最近は社長ばっかり」

「そうだな、じゃあそれは撤回する。もう卯月の面倒は見なくていいぞ。こいつはもう自分でメシを食えるからな」

「人を犬や猫みたいに言うなよ……」

もちろん、卯月のつぶやきは青山にも佐田にも聞き止めてはもらえなかった。

青山に食事を差し入れてもらっていた時でさえ、口まで運んでもらっていたわけではない。あまり食欲が湧かなくて半分以上残すこともあったが、それでも自分の食べるぶんは自分で食べていた。

もちろん、佐田の言ってるのがそういう意味じゃないこともわかっている。

食事に手を付けなければ死ぬことができるとわかっているのに、卯月は佐田と食事を共にしている。空腹で耐えられなくて、本能的にそうせざるをえないのでもない。規則的に、しっかりと栄養のあるものを食べている。

佐田の一存で食べるものを決める時もあれば、時には卯月が食べたいものを提案することもあった。

今までに二度くらいのものだが。

佐田と囲む食事は美味しい。

高級店が多いからそう感じるだけかもしれない。だけど、それだけではない。

今まで誰かと一緒に食卓を一緒にすることなんてなかった。いつどこで何をどんな風に食べても変わらないと思っていたけど、佐田と食事をとるようになって初めて、自分が今までどんなものを食べても砂利を噛んでいるような気持ちだったことに気付いた。

「自分も兄さんとご飯食べたいです！」

天井を仰いだ青山が、喚くような大声を張り上げた。

思わず、両手で耳を塞ぐ。顔を顰めて青山から距離を置くようにソファの上の腰を滑らせると、今度は佐田の方から卯月を覗き込んできた。

「ほら、卯月が怯えてるぞ。馬鹿」

「っ、怯えてなんか……！」

揶揄するような佐田の言葉に、カッとなって卯月は言い返した。

青山は確かに声は大きいし、たびたび突拍子もない行動をするが、どちらかといえば佐田のほうが怯える対象ではある。きっと青山は卯月を犯そうとしたりないだろうから。

だけど最近は佐田の行為も一時期よりは少なくなってきた。

週に二晩は貪《むさぼ》るように求められることもあるが、乱暴にされることは減った。卯月が抵抗することを諦めたからなのか、あるいは佐田が行為そのものにいい加減飽きてきたのかもしれない。

それでも佐田は卯月を抱かない夜も隣で眠ったし、他の人間で劣情を満たしているというわけではないようだった。

組み敷かれて否応もなしに挿入されて凌辱されていた頃より、今のようにただ腕の中に閉じ込められて眠る夜のほうが、卯月には息苦しく感じる。

いつか感じた胸が締め付けられるような、変な気分になる。

まるで、ずっとこの時間が続けばいいと思うかのような。

そんなことを望める立場ではないのに。

佐田が青山たちに卯月を自分の所有物だと言って憚らないから、勘違いをしそうになる。

卯月は殺してもらうためにここにいるだけなのに。それなのに、食事は美味しいし夜はよく眠れる。

青山のうるさい声も、佐田の笑う顔もなんだか胸が擽ったくなる。

「どうする卯月、今度からこの声の大きい馬鹿も一緒にメシを食うことにするか」

佐田は双眸を細めて意地の悪い方の笑みを浮かべている。

青山もつられて背後の卯月を振り返り、ガラス球のような澄んだ目で見下ろしてくる。

一度「触るな」と言ってから、青山は律儀にそれを守ってくれている。しかし卯月に干渉することをやめる気はないらしい。卯月のそばにいること自体、やめてほしいのに。日が経《た》つほどにそう言い難くなってくる。

もしかしたら佐田がまだ死なないように、青山も死なないいんじゃないかと、あらぬ希望を抱いてしまう。

戸坂以来、卯月の周りでまだ死んだ人はいない。

「俺、は――……」

佐田と青山の両人にじっと見つめられて、卯月はソファの上で自分の膝を抱き寄せた。視線を伏せ、言葉を探す。

青山を亡くしたくはない。だから食事を一緒にとるべきではないと思う。

だけどもし一緒にいても青山が不幸にならないのだとしたら――それでも、快諾という気持ちにはならない。何故だかは知らない。

青山のことは、そばにいたら危険だと思うくらい好ましく思う気持ちがある。

どうせ亡くしてしまうからと思って憧《あこが》れても一生飼えないと思っていた、ペットのように思っている。

人と一緒に囲む食事が美味しいものなのだとしたら、相手は佐田でも青山でも同じだ。人数が増えたら、賑やかでよく懐いてくれる青山と一緒ならもしかしたら別の味わいがあるかも知れない。

「……っ、」

だけど了承する言葉が喉に詰まったように出てこない。卯月は、膝を抱く腕に力をこめた。

胸のあたりがちくちくと痛む。まるで、針に刺されたかのように――。

その時、青山が開け放ったままの扉から勢いよく人影が転がり込んできた。

「！」

咄嗟に、青山が振り返って身構える。

飛び込んできたのは、長谷川だった。

「アニキ!?」

長谷川は絨毯敷きの床の上を這うように蹲ったままで、その手元から鮮血が滴っている。

佐田が新聞を置いて、組んでいた足を解いた。

「アニキ！」

「社長、すいません……郷野組の、奴らが」

長谷川が呻くのと、浅井が社長室に飛び込んできたのはほとんど同時だった。

開け放たれた扉の向こうから、小さな破裂音が聞こえたような気がする。卯月はぶるっと身震いをしてソファの上で拳を握りしめた。血の気が引いていく。

「カチコミです。相手は郷野組と、その下部組織、五十名ほどです」

いつも冷静な浅井は早口でまくし立てながら佐田の後ろにある戸棚を開くと、中にずらっと並んだ拳銃を取り出した。

一挺《ちょう》ずつマガジンを確認して、ポケットに詰める。

間を置いて、騒々しい足音とともに大勢の組員が社長室に入ってきた。浅井の手から拳銃を受け取り、引き返していく。おそらく怒声が飛び交っているのだろう階下に、戦いをしに行くために。

社長室は驚くほど静かだ。

銃を確認する鈍い金属音と駆けて行く足音、浅井から武器を受け取った組員の短い挨拶《あいさつ》しかない。

さっきまで青山の情けない大声が響きわたっていたのに、一変して緊迫した空気に包まれている。

卯月は呼吸するのも忘れて、呆然とソファに座り込んでいた。

気付くと青山も浅井から銃を受け取り、手になじませるように銃把《グリップ》を何度か握り直している。その顔つきは子供じみたそれではなく、獰猛な獣の眼だ。

「青山」

階下に向かおうとする青山の姿に、長谷川が搾り出すような声を上げた。

卯月は少なからず一瞬、ほっとした自分に気付いた。

いつも子供扱いしている青山が殺し合いに赴くなんて、長谷川なら止めてくれるかもしれないと思ったからだ。

「――……俺をやったのは青いシャツを着た男だ。脳天ぶち抜け」

「わかりました」

青山は短く肯いて、踵を返した。他の組員を押しのけるようにして、駆けていく。

「……！」

卯月が反射的に立ち上がると、視線を感じた。振り返ると、佐田はデスクに頬杖をついて卯月を見つめている。

体がようやく震えだした。

社長室に入ってきた組員が減ってきたせいか、階下の悲鳴が十一階まで聞こえてくる。気のせいかもしれない。だけど実際、血は流れているんだろう。現に今、この社長室でも長谷川の血は止まりそうもない。

十階より下は、フロント企業とはいえ普通の会社員が多く勤めているはずじゃないのか。卯月は目に見えて震える自分の手を、もう一方の手で握りしめた。

「佐田さん、救急車を……！」

「ヤクザの抗争に駆けつけてくれる救急車なんてありゃしねえよ。祭りが終わって、生き残ってる人数がはっきりしなきゃ運び出しようがないだろう」

佐田が口端を歪めるようにして笑う。その傍らで浅井が銃と日本刀を手にして小さく頭を下げた。足音もなく、社長室を出て行く。

荒い息を吐いている長谷川と卯月、佐田だけが社長室に残された。

卯月はようやく弾かれたように長谷川に駆け寄ったが、しかしどうしたらいいのかもわからない。脇腹を強く抑えた長谷川の手の下から次々にどろりとした赤いものが溢れ出てくる。

「……っすいません社長、俺がもっと早く、気付いてれば」

「お前のせいじゃない」

佐田はデスクから動こうともしない。

まるで死の宣告を受けた長谷川を、神にでもなって見届けるかのように見下ろしている。

「――……っ、俺のせいだ……」

唇が震えて、動悸《どうき》が激しくなる。

この数日間、満たされたような気になってのうのうと暮らしていた自分を真っ黒に塗りつぶしたい。

今朝食べた朝食がこみ上げてくる。だけど溢れて出てきたのは涙だった。

「俺が死んでれば、こんなことには」

「卯月」

呆れたように言って、佐田が立ち上がる。

卯月は両目いっぱいに溜《た》まった涙を拭いもせずにその姿を振り仰いだ。

「あんたが俺を殺してくれてさえいれば、誰も死なずに済んだのに！」

「気にするな。人間はいずれ死ぬ。郷野組とのトラブルは俺が蒔《ま》いた種だ」

長谷川の傍らに膝をついたまま為《な》す術もない卯月に佐田が歩み寄る。卯月は、ゆるく首を振った。

「戸坂が死んだのだって俺のせいじゃないか、……っあんたが俺を利用したなんて、ただの言い訳だ。

もっと早くに俺が死んでれば、」

佐田のせいじゃない。

佐田に出会う前に、もっと早くに卯月は死んでおくべきだった。

ヤクザなんてやっていればみんないずれ死ぬのかもしれない。だけどそれは今ではなかったかもしれないのに。人間は必ず死ぬ。だけど卯月がその銃爪《ひきがね》になっているのは確かだ。

階下でいくつもの命がまるで蠟燭《ろうそく》の火のように消えていこうとしているのがわかる。卯月は足元の絨毯を搔き毟《むし》るように握りしめた。卯月の指先も長谷川の血で赤く汚れている。

もう誰のことも殺したくない、死んでほしくない。

長谷川がもし死んでしまったら、これから先青山に合わせる顔がない。

「卯月、落ち着け。いいから、泣くな」

長谷川の代わりに、自分が死んでしまえたらいい。

こみ上げてくる嗚咽《おえつ》を吐き出しながら、卯月は佐田の言葉に黙って首を振った。

佐田に殺してほしいと思っていたなんてひどい甘えだ。

自分一人で死ぬべきだったのだ。一刻も早く、佐田組の誰も傷つく前に。

卯月は唇を嚙み締めてゆっくりと床を立ち上がると、肩で息をするだけの長谷川を一瞥した。もう意識はなさそうだ。

今から卯月が死ねば長谷川の命くらいは助かるだろうか。重傷を負うことは十分な不幸かもしれないけど、それでも生きていればなんとかなる。

「おい、卯月」

佐田が腕を伸ばしてくる。咄嗟に卯月は踵を返した。

社長室の扉を飛び出ようというところで、佐田の強い腕に捉えられた。

「離せ！」

割れるような声で怒鳴り返す。

今、佐田に触れられるのが震えるほど恐ろしく感じた。

自分は人を殺してしまうんだと、そんな大事なことを忘れかけていたことに愕然とする。

卯月の近くに寄れば、佐田だって死んでしまう。俺は死なないなんて言ったって、そんなこと信じられない。

頭がいっぱいになって、泣き喚きたいような気分だ。

卯月があんなに見つめた佐田が、死なないはずがない。長谷川が瀕死《ひんし》の重傷を負っているのだ。佐田なんて、きっともうあっという間に死んでしまう。

今なら、銃弾飛び交う階下に行けばすぐに死ねるはずだ。

誰かを殺人者にする可能性はあるが、こんな時だから仕方がない。卯月が死ねば銃撃戦も終わるかもしれない。そんな保証はないけど、もうこんな人生終わりにしたい。誰が死ぬのも、もう見たくはない。

「落ち着けよ。泣くな」

摑んだ腕を揺すった佐田が、まるで聞き分けのない子供をあやすかのように言う。

卯月は子供じゃない。佐田は卯月が人を殺してしまう体質なんだということを信じているものと思っていた。だから戸坂に襲わせたんだろう。

それなのにどうしてこの期に及んで卯月が取り乱さないと思うのか。

こんな時に、卯月が泣きやむかどうかなんてどうでもいいことだ。

「離せよ！　俺が死ねば、……っ俺が死ねば助かるかもしれないだろ」

「俺はまだお前を殺そうと思ってない」

「だからあんたにはもう頼まない！」

涙の雫《しずく》が音をたてて顎先から零れ落ちる。

いつか殺してくれると思ったから佐田のそばにいただけだ、そう続けたいのに喉が詰まったようになって言葉が出てこない。

だって、もうそんなこと思ってない。思っていなかった。

もしかしてこのまま佐田のそばでなら生きられるんじゃないかと思い始めていた。誰も死なないなら、卯月も生きていていいのかもしれないと。

佐田と、賑やかな部下たちに囲まれる毎日がこのままなんとなく続いていくような、そんな気がしていた。

だけど、そんなはずはなかった。長谷川の血臭が卯月の鼻先を過ぎる。目を醒《さ》ませよと嘲笑うかのように。

どうしてまだ佐田が死なないのかなんて知らない。

だけど叔母がそうだったように、佐田も自分の組員が亡くなることが自分の死よりもつらいものになるんだろう。佐田にそんな思いをさせたいわけじゃない。まして、卯月のせいでと思われるのも嫌だ。

「……っなんで俺を殺してくれないんだ！　俺は、あんたを」

殺したいわけじゃないのに。

胸の奥から嗚咽がこみ上げてきて、卯月は口を噤んだ。

卯月にあんなに執拗に触っておいて死なないのは佐田だけだ。

卯月に初めて快楽を強いたのも佐田なら、卯月が憧れる普通の生活をさせてくれたのも佐田だった。

食事の味も、コーヒーの味も佐田のおかげで知ることができた。

卯月に生きろと言ってくれたのは、佐田しかいない。

大きく息をしゃくりあげて、佐田の腕を振り払おうと身をよじる。相変わらず佐田の腕は強く容赦なく、卯月の細い腕に食い込んでくる。

「離せって言ってるだろう！　……あんたを、殺したくないんだよ……」

語尾が涙のせいでみっともなく震えてしまう。

「だから俺は――」

「なんでそんなこと信じられると思うんだよ！　毎日、ずっと、ずっと一緒にいたんだ、死なないわけなかったのに……！　なんでわからなかったんだ、俺……こんなことなら、一緒にいるんじゃなかったのに」

食事だって別々にして、買い物にだって意地でも出かけなければ良かった。用もないのに社長室に出向いたり、一緒に寝るのだって拒めば良かった。

それで、佐田が生きていられるなら。

卯月は今までどおり、一人で生きているべきだったのに。

俺は死なないなんて何度も繰り返されるせいで信じそうになっていた。長谷川の血が流れるまで忘れていたなんて、最悪だ。

「他人を殺してでも生き延びろって、……開き直れって言ったよな、あんた」

涙に濡れた目で佐田を見上げると、佐田は笑ってもいなければ険しい表情でもない。そうしていると本当に作り物みたいな、美しい顔をしている。

卯月の口元が自然に弛緩した。

佐田に殺してもらえたらどんなにか本望だっただろう。

人間はたった一度しか死ねないのだから。何でも初めての経験が佐田からもたらされたものだったなら、死さえも佐田から受け取りたかった。

そんなのはもう待っていられないけど。

「そんなの言われたの初めてだったから、……あれはちょっと嬉しかったよ」

室内に横たわった長谷川はもう微動だにしない。さっきまで荒かった息も徐々に弱まってきているようだ。

このビルのどこかで青山や浅井もそうなっているのかもしれない。一刻も早く、卯月が死ななければならない。

佐田の言うとおり、卯月だって死ぬのは嫌だ。怖いし、どうして自分だけがと思う。だから今まで死ねなかった。

だけどこのまま卯月がここにいれば、佐田だってとうとう死んでしまうかもしれない。

今からようやく死にに行くんだと思うと体が震えてくるし、苦しい。だけど不思議と、笑みがこぼれてくる。

佐田を、卯月に一時の安らぎをくれた人たちを喪わないために、死ぬのだから。

「またコーヒー飲みたかったな」

こみ上げてくる笑いを、鼻声とともに吐き出して卯月は佐田の手を摑んだ。

死ぬ気になって、佐田の手に爪を立ててでも振り払おうとした。だけど。

「コーヒーくらいいつでも飲みに行けるさ」

反対に乱暴に腕を引かれて、気付くと卯月は佐田の腕の中にいた。

押し潰されそうなくらいきつく閉じ込められて、息もできない。

「……っ！　ちょ……っ、だから」

お願いだから、行かせて欲しい。

これ以上決心が鈍る前に死なせてくれと祈るような気持ちで佐田の胸を押すが、どんなにもがいても佐田は離れてくれない。初めて会った時と同じくらい、強い力だ。

こうしている間にも、誰かの血が流れているというのに。

「お願いだから、……っもう死なせてくれよ……！」

押し黙って卯月を拘束した佐田に引き絞る声で訴えると、やがて小さなため息が耳元で聞こえた。

「それは、無しだ」

「——……っ！」

噛み付いてでも、蹴りつけてでも腕の中から逃れようとして卯月が震える拳を握り締めると、不意に佐田が顔を上げた。

その目が、いつもと違う色に染まっている。

一瞬我を忘れて、卯月はその顔を仰いだ。

「……仕方ねえな」

昏く、甘い声で佐田がつぶやく。

かと思うと卯月を閉じ込めた腕を解いて、ゆらりと社長室を出て行く。手には何も得物を持っていないのに。

「さ、――……佐田さん」

自分より先に階下に降りていこうとするかのような佐田の背を追って、卯月はその姿を振り返った。

佐田の影が廊下に落ちている。

その異形さに、卯月は目を瞠って二の足を踏んだ。

「人を生かすのは、俺の趣味じゃないんだがな」

不服そうに言った佐田の姿を改めて見直すと、いつもの姿だ。変わったところといえば、さっき、眼の色が赤い血の色に見えたことくらいで。

しかしその足元に伸びた影には確かに、山羊《やぎ》のような大きな角がついているように見える。

何かの影が重なって写りこんでいるのかと照明を仰いでも、天井近くには何もない。それどころか佐田が非常階段まで歩いて行く途中も角の影はずっと付いてきている。

「卯月」

階段の戸を開く手前で佐田は振り返って、掌を差し出した。

いつもは強引に卯月を引き寄せるくせに。

「俺と一緒に来い。お前が殺したいのは長谷川でも俺でも、――自分でもないんだろ」

赤い佐田の双眸が細くなって、微笑む。

卯月は竦んだ足を震わせながらもう一度佐田の影を見下ろして、――差し出された腕に、駆け寄った。

「てめぇら！　怪我したくなかったら退いてろ！」

初めて降りた下のフロアは既に荒れていて、ところどころの壁が赤く染まっていた。

丸腰の状態で現れた佐田が突然凜《りん》とした声を張り上げると、物陰に隠れていた従業員から安堵したような声が上がる。

「佐田さん！」

「組長！」

卯月の視界に飛び込んで来る限り、三人の男が床に転がっていた。

佐田組の人間なのかそれとも郷野組の人間なのかわからない、二人はまだ息があるようだ。一人は頭から血を流して意識もないようだ。

卯月は膝から崩れ落ちそうになる恐怖を堪えているので精一杯だった。とても佐田のように平然と歩み進むことはできない。

「手ぶらでわざわざ降りてくるとはいい度胸だな、佐田この野郎ォ！」

四角い顔に髭《ひげ》を生やした野太い声の男がゆらりとその場に立ち上がる。その手には当然、拳銃を握っている。卯月は息を呑んだ。

佐田の名前を呼びたくても、喉が張り付いたようになって声が出てこない。

だけど呼ぶことなどできなくていいんだろう。そんなことをして佐田の気を逸らせば、即座に撃ち抜かれる。そういう状況だ。

なんでこんなところまでこのことついてきたのかわからない。

死ぬ気なら、一人で充分だった。

一人なら、こんなところで腰を抜かしている卯月を殺してくれる人はいるだろう。だけど佐田は駄目だ。

「卯月」

フロアの入り口で耐え切れず座り込んだ卯月を、佐田が振り返った。

呼びかけたくても呼びかけられない卯月はただ佐田の背中を見ていることしかできなかったのに。

どうして、振り返ってしまうのか。

佐田の斜向《はす》かいに立った髭の男が銃を構える。狙いを定めることに慣れた手つきで、すぐに銃爪を引いた。

「っ！」

卯月はたまらず、反射的に両手で顔を覆った。

——しかしいくら待っても銃声は鳴り響かない。

「卯月、何をしてる。早く来い」

代わりに聞こえてきたのは佐田のいつもと変わらない声で、おそるおそる顔を上げると、銃を構えていたはずの髭の男の姿は消えていた。

「……、？」

呆然とした卯月に焦れたように、佐田が引き返してきて腕を摑む。無理やり引き起こされると、髭の男が床の上に倒れているのが見えた。その顔は潰れ、手足もあらぬ方向に曲がっている。

「い、——今……何……」

「だから言っただろう、俺は死なないんだって」

卯月の腕を摑んだ佐田が、妖しい笑みを浮かべる。

その顔を見上げてももちろん、角なんてない。だけど薄暗い部屋の床に映った影には、やはりそれがあるようだ。

他の組員は佐田のおかしな影に気付いていないのだろうか。

「組長、失礼します！」

フロアに残っていた数名の組員が、銃の弾を込めながら次々に階下へ降りていく。

大通りに面した窓に金融会社の屋号を貼《は》り出しているフロアには、呻き声を上げる負傷者と卯月たちだけになった。

静かになると呻き声があちこちから聞こえてくる。しかし佐田に銃を向けた髭の男は呻くこともない。

「こんなことくらいで腰を抜かしてんじゃねえよ。これから郷野組を潰しに行こうってのに」

震えの収まらない卯月の尻についた埃をポンと叩いて、佐田がまるで散歩でも行くような気軽さで言った。

「つぶ……って、あんた」

「敵が死ぬのも見たくねえか？」

階段の下からは生々しい怒号や悲鳴、銃声が聞こえてくる。パトカーの到着はまだのようだ。

「誰が死ぬのだって、俺は……」

息苦しくなって卯月が深く俯くと、足元の佐田の影がよく見えた。

角のように見える頭の影が一体何なのか目を凝らしてみたが、わからない。

「郷野組の事務所を潰せば、ウチの人間は助かるんだぜ？」

卯月が甘いことを言っているのはわかる。

しかし、組員がこれだけ応戦中なのに、郷野組に行けるものだろうか。まるでこのビルはもう大丈夫だとでも言っているようだ。だとしても負傷者だって多いはずなのに。

「で、——でも相手だって迎え撃つ気はあるだろうし……」

「だろうな」

いくらこちらから煽ったとはいえ、不意を突かれたところもないでもない。何しろ戸坂が亡くなってからもうしばらく経っている。弔い合戦ならば遅すぎるくらいだ。

不意を突かれたこちらと違って、郷野組は反撃の準備を整えているだろう。下部組織の人間ももっと集めているだろうし、武器だって。

「郷野組には、俺一人で行くさ。お前も行くか？」

「……！」

卯月は目を瞠って、佐田を仰いだ。

一人で行く？

思わず耳を疑う。

佐田組が乗り込んでいくことは想定してるだろう臨戦態勢の敵の事務所に一人で乗り込むなんて、命をもって償う人間しかしないことだ。

佐田は、死ぬつもりなのか。

卯月が驚きのあまり声も出せないまま目の前のスーツの胸にしがみつくと、佐田が首を竦めて笑った。卯月がいつも見蕩れる、あどけない笑顔だ。

「大丈夫だって、俺は死なねえから」

「あ、――あんたに死なれたら、困る」

間近で見上げた佐田の顔は、唇が触れてしまいそうなほどの距離だった。

卯月の呼吸が、佐田を擽るかもしれない。そう思うと緊張で胸が張り裂けそうになる。だけど、見上げずにはいられなかった。

「俺がいなくなると殺してもらえなくなるからか？」

言葉に詰まって身を引きそうになる卯月の腰を、佐田が抱き寄せた。さっきよりも体が密着して、卯月はたまらずに顔を逸らした。

だけど握りしめたスーツを離すことはできない。

佐田を行かせることはできない。

「自分は死にたがるくせに俺には死ぬなと言うんだな」

身を強張らせた卯月をからかうように佐田の唇が寄ってきて、肌に触れそうで触れない距離に囁きを寄せる。

「だ、……だって俺がいると、また」

人が死んでしまう。

死にたいんじゃない。もう死にたいなんて思ってない。だけど、生きたいなんて言い出せない。

長谷川や青山や、佐田が生き延びてくれることのほうが卯月には大事だから。

卯月がぎゅっと目を瞑って身震いすると、それを笑い飛ばすように佐田が息を吐いた。

「ヤクザなんてこんなもんだ。お前がいなくてもな。特に俺みたいに乱暴にのし上がった男の下につくような奴らは、とっくに覚悟してるさ。だから俺はこの職業《シゴト》を選んだんだ」

「……、？」

佐田の言葉の意味をはかりかねて、卯月はそろりと視線を上げた。

ヤクザは命を粗末にする職業だと言っているようで、だけど佐田は自分だけは死なないと言う。だからヤクザになったというのは、どういうことなのか。

尋ねようとして卯月がおそるおそる唇を開いた、その時。

「わぁぁあああ！」

男の怒号が響いた。

と同時にスーツに縋った卯月の体は佐田の腕に突き飛ばされ、床の上に尻餅《しりもち》をつく。

大声を上げながら飛び出してきたのは、肩に被弾したジャージ姿の若い男だった。腹の前に構えた両手に、匕首《あいくち》を持っている。

「佐田さん！」

卯月は無意識に悲鳴にも似た声を上げた。

自分の体の影になって、佐田は男の動きを読めなかったんだろう。佐田が死んだら、卯月のせいだ。そんなのは、嫌だ。

誰が死ぬのも嫌だ。だけど、佐田だけはどうしても失いたくない。

卯月が尻餅をついた床を蹴って反射的に飛び出そうとした時、佐田が腕をふわりと上げた。

「?!」

こんな時に相応しくないくらい、優雅な動きだった。

と同時に佐田の腹部をめがけて飛び込もうとした男の体が大きく仰け反る。

「う、あ……っあああああ！」

両手を頭上に振り上げた格好で背を反らした男は、叫び声を上げながら上体を弓なりにしならせていく。顔に血がのぼり、普通ならそのままひっくり返って後ろに倒れてしまいそうな体勢になっても、体をブルブルと震わせたまま立っている。

まるで、見えない手で体を半分に折られようとしているかのように。

「――！」

卯月は息を呑んで、佐田を振り向いた。

いつも後ろに撫で付けている柔らかな髪が乱れ、頭の両端に渦を巻いた大きな角が生えている。さっきから卯月が影で見ているものと、同じだ。

「……さ、たさ……っ」

卯月が小さく呟くのとほぼ同時に、耳を塞ぎたくなるような鈍い音がして男の悲鳴がぷつりと途絶えた。とても、そちらを見る気にはなれない。

卯月は佐田に駆け寄ろうとした中途半端な距離で、壁にどっと肩をついた。

「……あぁ、バレたか」

男に向けていた掌を軽く握った佐田が、首を傾けて頭上の角に触れる。

この数ヶ月、卯月は毎日佐田の顔を否応無しに見てきた。だけどそんな角を見たのは初めてだ。

「なん……、――何……」

それが一体何なのか、想像もつかない。

今、一瞬のうちに佐田の頭に生えてきたように見えた。とはいえ、さっきから影にはついていたが。

「実は俺は、人間じゃなくてね」

頭の角を擦《さす》る佐田の手の指には、鋭利な爪も伸びている。

今まで卯月の手を引いた佐田の手には、傷を付けられたことはなかった。

まして、あんなわけもわからない見えない力で組み伏せられたこともない。いつも乱暴で力任せだったけど、腕力で無理強いされてきた。

「どちらかと言うと人間を唆し誑《たぶら》かして堕落させ、その魂を吸い取る――まあ、悪魔ってやつだ。

……どうだ、ヤクザってのはうってつけの職業だろ?」

悪魔。

佐田はいつものように笑ったが、卯月は乾いた口の中で阿呆《あほ》のように復唱することしかできなかった。

まるで実感が湧かない。悪い夢でも見ているかのようだ。

「何をそんな呆然としてる。俺が恐ろしいか?」

いつものように腕を伸ばしかけた佐田が、ふと長い爪に気付いて二度、三度と手を握り直した。すると、その手から鋭い爪が消えていく。

それも、悪魔の不思議な力というやつなのだろうか。

今までの卯月の心を見透かしたような物言いも。

ただ、佐田がゆっくり歩み寄ってきても逃げ出そうという気にはならなかった。感覚が麻痺しているのか、腰も抜けない。

「恐ろしくはないだろうな。お前だって、契約者なんだから」

ただ立ち尽くした卯月にゆっくりと歩み寄った佐田が、赤く光る目を細めて笑う。

まるでその眼に魅入られたかのように身動きが取れない。卯月のシャツに、佐田が手を掛けた。いつもの優しくない、乱暴な手で。

「契、約――……?」

小さく尋ね返した卯月に、佐田が小さく肯いたように見えた。かと思うと、突然摑んだシャツを佐田が力任せに引き裂いた。

「ッ、何――……!」

驚いて我に返った卯月が慌ててシャツの前を掻き合わせようとすると、その肩を壁に叩き付けられる。衝撃で顔を歪めた卯月の胸に、佐田が指先を押し当てた。

夜毎佐田が執拗に責めてくる、左の乳首。人が死ぬ時、いつも痛みを覚える場所だ。

卯月にとって死の宣告を覚える嫌な場所でしかなかったそこを、佐田が快楽に変えた。思わず条件

反射的に身をよじると、卯月の胸がかっと熱くなってきた。

佐田の手を見下ろす。

そこには、今まで見たこともないような青白い刻印が浮かび上がってきた。

「——は、……何……これ……」

まるで、体の内側から発光しているかのようだ。

卯月が自分の掌で擦っても、いつもと変わらない肌の感触しかない。何かが貼り付けられているわけじゃない。自分の体の中から、浮かび上がってきたようにしか見えない。

胸の半分ほどを占める大きな円に描かれた幾何学模様は、——佐田の背中の刺青と酷似していた。

「これがお前の負った宿命の正体さ」

「は、……え……？」

胸に浮かび上がった刻印を掌で何度も確かめた卯月が顔を仰ぐと、佐田はついでとばかりに乳首をきゅっと摘んでから手を離した。佐田の指が離れると、青白い模様はゆっくりと薄れていく。やがて、卯月が見慣れたいつもの自分の体になった。

「おおかた、お前の母親が悪魔と契約したってところだろう。死産するはずだったお前を、なんとかして生かそうと縋ったんだろうな」

卯月は目を瞬かせた。

確かに卯月は死産するはずだった子だったと聞いた。それを母親が無理を押して産んだから、そのために母親が死んだのだとも。

だけどその経緯を佐田に話したことはない。

もっとも、浅井が誰かを使って調べればわかることかもしれない。しかし、さっき胸に浮かび上がった刻印の説明はつかない。もう一度胸の上を擦る。塗料を塗りつけられた様子もない。

「お前は本当は死ぬはずだった。それを、周りの人間の命を吸い取ることで一日でも長く生きられるような体にした。お前の母親が契約した悪魔がだ。まあお前の母親がどうやって契約したのかまではしらねえが、悪魔好きのする美形だったんだろう」

片眉を跳ね上げてからかうような表情を浮かべた佐田が、卯月の顎の下を指先で擽るように撫でた。

思わず顎を上げると、その鼻先をべろりと舐められる。

「お前は最初の犠牲者である母親の命を吸い取ることで、晴れてこの世に生まれてこれたってわけだ。お前はもともと死んでるようなものだから、その後も周りの人間の命を吸い取らないと生き続けられない。お前にとっては周りの人間の命が養分なんだ」

「そんな、こと……望んでない。俺は、死にたかったのに」

そこまでして自分を産み落としてくれた母親の愛情に感謝する気持ちはある。

だけど顔も見たことがない母親の愛情というのが、卯月にはよくわからない。卯月を生かすためだけに自分の命を投げ打った彼女に、抱きしめられたこともないのに。

「母親だってお前がこんなに苦しむ結果になるとわかってて契約したわけじゃないだろうな。まあ、悪魔ってのはそういうもんだ。人間の心情を理解して目的を達成することはできない。お前が生きてりゃ、それが契約の完了だ」

悪魔を嘲笑った佐田の表情は自嘲的だった。

彼が自分を悪魔だというのなら、確かに自嘲ではあるんだろう。

目的を達成するために人間の心情を汲《く》むことができないというのは、佐田もそうなんだろうか。

「お前が俺に出会ったのも、お前が望んだ結果だ」

「！」

戸坂が亡くなったあの日も、佐田はそう言った。

出会うなり辱められて軟禁されて、そんなことを卯月が望んでいたはずがないのに——佐田がやけに濡れた声で囁くから、それきり尋ねられないでいた。

「俺は悪魔だから、お前は俺と一緒にいても俺の命を吸い取ることができない。水がなければ花は枯れるしメシを食わなきゃ人は死ぬ。お前も俺と一緒にいれば吸い取る命がなくて長生きができずに死ぬことになっただろう。お前が死ぬためには、俺が必要だったんだ」

呼吸をするのも忘れて、卯月はぽかんとして佐田を見つめた。

佐田の言うとおりだとして、だとしたら卯月をそばに置いておきながら開き直って生きろと言い続けた佐田の真意がわからない。

確かに佐田は、卯月を殺してくれるにはうってつけの相手だったのかもしれないけれど。

「――ま、だから俺は組員をお前にかかわらせたんだけどな。俺の代わりに」

従業員に世話を焼かせるのはやめてくれと、最初のうち何度頼み込んだか知らない。

しかし佐田がそのたびにお前のためだと言っていたのは、そういうことだったのか。

卯月は浅井や小鳥遊や青山、そして社長室で倒れているだろう長谷川の姿を思い出して震え上がった。

「じゃあ、やっぱり俺が殺し――……」

瞠った眼から涙の粒が落ちてくる。

今までは、どうして自分の身の回りでばかり人が亡くなるのかわからなかった。

自分が死神でも連れているのかと思っていたけど、目に見えないそんなものを心のどこかでは信じたくなかったのかもしれない。

自分は、そういう星回りの下にいる。だけどそんな理不尽なことはいつかなくなるんじゃないかとも期待していた。誰かが死んでも卯月に得ることなんて何もなかったから。

理由のないことは、いつまで続くかもわからないけれどいつまでも続くわけではないかもしれないとも思っていた。

だからずるずると生きることを諦めきれなかった。

その生き続けることこそが、人を死に追いやっているとも知らずに。

「なんで泣くんだ」

瞬きもせず立ち尽くした卯月の頬が濡れていくのを見て、佐田が舌打ちを零した。

どうしてなんて、決まってる。

悪魔の佐田にはわからないかもしれないけど。

「人間なんてすぐに死ぬだろう。お前がいちいち気にするようことじゃない」

「気に、するよ……なんで、俺なんだ。死ぬ必要のない人の命を、俺が生きるために、なんて――……」

人間が生きるために家畜を屠《ほふ》って食物にする。人の目を楽しませるために植物を手折って枯れさせる。それと同じだと何度佐田に言われても、感情で理解できない。

人の命を吸い取ってまで生きて、卯月が何かを成し遂げるというわけでもないのに。

「俺から見たらどっちも一瞬の命に変わりはないさ」

しゃくりあげた卯月の頬を、佐田の掌が乱暴に拭った。

何度拭っても次々に溢れ出てくる涙に業を煮やしたように、佐田が両手で卯月の顔を挟み込んで仰向かせる。

人の涙は、コップから水が溢れているわけではないんだからいくら上を向いても止まるわけではないのに、悪魔だからわからないのだろうか。

視線を逸らして唇を震わせる卯月の涙が止まらないことを知ると、佐田の唇が目蓋の上に降ってきた。目尻を強く吸い上げられると、少し、涙が止まったような気がした。

「……お前だっていくら他人の命を吸って生き延びたところで、たかだか百年も生きれば体が壊れて勝手に死んじまう。人間なんて、すぐに死ぬんだ」

いつか自分も一人だと呟いた悲痛な声を漏らしていた佐田が、みんな俺を置いていくんだと言っているように聞こえた。

佐田は、長く生きている中で人間を好きになったことがあるのだろうか。

どうしてだか、そう思えた。

一緒に美しい風景を見ても一緒に美味しいものを食べても、ただ隣にいて欲しいだけの人が自分を置いて先に死んでしまう。

その気持ちは、卯月にもわかる気がした。

もっとも、卯月の場合は自分が原因で相手を長生きさせることができないだけだ。

――でも、佐田なら。

ただ隣にいて、だけど命を吸い取ることができないなら。

佐田が何度も飽きるくらいに繰り返していた言葉が今更、卯月の胸に深く響いてくる。

――俺は死なないんだ、と。

「俺も、……悪魔になれば、もう誰も殺さずに済むのかな」

気付くと、卯月の涙は止まっていた。だけど佐田の掌は卯月の頬に添えられたまま離れない。

「は？　お前、何を言って――」

「悪魔っていうのは、死なないんだろう？　だったら、俺はもう他人の命を吸わなくても生きられるってことだ」

慌てて佐田が卯月から手を離した。佐田の方から卯月から逃げるだなんて、初めてだ。そんなにおかしなことを言っているということだろうか。

自分も悪魔になったらあんな角が生えるのかと卯月は自分の頭を触ってみた。

胸の刻印さえ今まで知らなかったくらいなんだから、角が生えてもわからないかもしれない。

「馬鹿かお前。そんな理由で悪魔になるやつが――」

「俺なんてもう半分悪魔みたいなものだろ。悪魔には、どうしたらなれるんだ？　あんたと契約すればいいのか」

痛みや苦しみを伴うものだとしても、今度は耐えられる気がした。怖くもない。

ただ死んで何もなくなるわけじゃない。生きるための選択だからだ。

「っ、お前死にたいんじゃなかったのか」

「誰も殺さないで済むなら俺だって生きたいよ！」

卯月が声を張り上げると、佐田が言葉に詰まった。

そんな佐田の表情を見るのも初めてだ。

不敵な顔や妖しい微笑み、あどけない笑顔も人を殺す時の顔も佐田の表情を色々知った気でいるけど、まだ知らない佐田はいくらでもいるんだろう。

こんなふうに人と長い時間を共にしたことがなかった。もっとたくさんの佐田を知りたい。

「俺は、……あんたと一緒に生きたいんだよ。佐田さん」

佐田に裂かれたシャツを握りしめて、祈るような気持ちで告げる。

悪魔に祈りを捧《ささ》げるなんてろくなものではないけど、自分だってこれからそうなろうとしているんだから構わない。

生きたい、と口に出したのは初めてだ。一生口にすることなく死んでいくんだと思っていた。

本当はずっと死にたくなかった。だけどそう思ってはいけないから、生きたいと思うたびに死にたいと思うようにしてきた。誰か俺を殺してくれと何度も口に出してきた。

生まれて初めて生きたいと口に出すと、胸がすっとした。

それも誰かと一緒に生きたいと思うだなんて、そう願うことができるだけで既に幸せな気分だ。

「――俺のことを殺したいくらい憎んでるんじゃなかったのか」

顔を顰めた佐田が、どこか苦しそうに見える。どうしてそんな顔をされるのか、卯月は不安を覚えて佐田の頰に手を伸ばした。

佐田がいつもそうするように、触れてみたらわかるかもしれない。

卯月はまだ悪魔ではないから佐田のことなんて知ることはできないかもしれない。それならそれでもいい。ただ、触れたい。

しかしおそるおそる伸ばした指先が佐田の顎先に触れようとすると、その手を弾かれた。

暖かくなった胸の内が、さっと一瞬で冷めていく。

「俺しか頼る相手がいないからなにか勘違いしてるんじゃないのか？」

短く笑った佐田の顔つきが険しくて、いつもの余裕が見られない。

卯月は弾かれた手の痛みも感じずに、佐田を縋るように仰いだ。

「もしかしたら、そうかもしれない。俺にはもう、あんたしかいない。……もし俺が悪魔になれば、あんたのそばにいる理由だってない。だけど、俺はあんたと一緒に――……」

「お前は悪魔になんてなれねえよ！」

急に佐田が声を張り上げると、卯月は息を吞んで背後の壁によろめいた。

「人を救うために悪魔になりたがる奴なんているものか。悪魔になったら人を誑かして、堕落させて生きていくんだ。お前にそれができるのか？　お前には無理だね」

冴《さ》えた目で卯月を見下ろし、嘲笑った佐田の言葉が胸に突き刺さる。

確かに、今日まで卯月は佐田の仕事を快く思わずにいた。それが人を堕落させるということなら、それが悪魔の生き方なら、卯月は結局良心の呵責《かしゃく》に苛まれて生きることになるのかもしれない。

「それでも、俺は――……」

「お前には無理だ。そんなに死にたきゃ勝手に死ねよ」

吐き捨てるように言って、佐田が踵を返した。

その背中に手を伸ばしかけて、卯月は躊躇した。

佐田が卯月をこうして見捨てていく日を、ずっと待っていたはずだ。

自分の正体がわかった今、死に方だってわかる。

佐田は颯爽《さっそう》とフロアを出て、階下へと歩き去って行ってしまった。その背中があっという間に遠くなって、扉の向こうへ消えてしまう。

今なら追いつける。

だけど、追いついたところでどうなるものじゃない。

いつも佐田は卯月を強引に追い詰め、手を引き、高圧的に呼び寄せた。その佐田が卯月を振り返ることは、もうないんだろう。

卯月はいつも一人だった。一人でいるように心がけた。だから、多くの人に囲まれながら一人だけ死なずに生き続ける佐田の気持ちは卯月にはわからない。

寄り添いたいなんて奢《おご》ったことは考えてない。

ただ、一緒にいたかった。佐田の隣で生きたかった。

どうしてそんなふうに思うのか、今でもわからないけど。

卯月は自分では見ることもできない刻印の秘められた胸の上で、手をそっと握りしめた。


どれくらいそこで立ち尽くしていたのか知らない。

気が付くと階下の騒ぎは収まったようで、まるでこの荒れたビルの中に卯月は一人だけが立っていて、あとは屍体《したい》しか残されていないんじゃないかと感じられた。

やがて日が暮れ始めた頃に遠くから複数台のパトカー――あるいは救急車のサイレンが聞こえて我に返ると、卯月はその場から逃げ出した。

警察に保護されて佐田のことを聞かれても困るし、何より卯月は死んだことになっているはずだ。

それが生きているとなれば色々と面倒になるという気がした。叔母に連絡が入るだろうことも避けたかった。

そうして咄嗟に逃げ出したものの、帰る場所なんてどこにもない。

アパートは引き払われているし、まともな職にだって就けないだろう。

夜になるとだいぶ冷えてくるが、皮肉なことに自分の体がその程度のことでは死なないんだろうということを知った後では道端で眠ることも怖くはなかった。

ただ、浮浪者の近くにだけは寄らないように心がけた。

卯月がその夜を生き延びるために近くの人間を殺すわけにはいかない。

二晩もそうして漠然と時間が過ぎるのを眺めていたが、三日目に公園に捨てられている新聞を拾って佐田組の記事を探した。

都内で派手に行われた暴力団同士の銃撃戦は大きな記事になり、死傷者も十余人と書かれている。

誰が亡くなったのか、名前までは記されていなかった。青山や小鳥遊は無事なのか、長谷川はどうなったのか、卯月には知りたくても知ることはできない。

郷野組は壊滅状態に陥り、佐田組はその上位組織と会談を開いたようだというのは新聞の記事ではなく、週刊誌の見出しで見た。

佐田は無事だということか。

胸を撫で下ろすと佐田の「俺は死なないから」と言う声が耳元で蘇ってくる。

死ななくても、警察に拘束されるだけの理由は十分にあるはずだ。だけどどうやらその様子もない。

佐田はあのビルの自室に戻っているのだろうか。しばらく卯月も一緒に眠ったあのベッドで、今も眠っているのか。

念願叶《かな》って解放された卯月が、あそこに戻ることはもう二度とないのだろう。

佐田組の抗争の記事が書かれた新聞を綺麗《きれい》に折り畳んでポケットに入れると、卯月は以前と同じように日雇いの仕事を始めた。

寝に帰る家がなくなっただけで、佐田に出会う前と何ら変わらない。

日雇いの仕事をしていれば銭湯にも通えるし、最低限の衣食はまかなえる。

多少食べていなくても自分は死ぬことはないのだし、腹いっぱい食べていても近くの人を殺してしまうことには変わりないだろう。

そう思うと、多少は開き直ることができた。

「キレイな顔して、客引きか？　おじさんと遊ぼっか」

その日の寝場所を探して公園を彷徨《さまよ》っていると、酔っ払った男が卯月の顔を覗き込んできた。

鼻を摘みたくなるほど、酒臭い。

卯月が足を止めて二歩ほど後退すると、男が腕を摑んでくる。

汗ばんだ掌で、生理的にぞっとする。

「ねえ～遊ぼうよ。いいでしょ？」

「……俺、男ですけど」

低い声で呟いても、酔っ払った男は判断能力に欠けているようだ。卯月の体を引き寄せて、公園の奥へと促そうとする。

卯月は明るい繁華街をちらりと振り返って、他の人影を確かめた。

十日に一度くらい、こうして夜の街を行くあてもなく歩いている卯月に酔っ払った男性が絡んでくることがあった。あるいは酔っ払っていない場合もある。

「おじさんさ～、女房ともう何年もセックスしてなくて。おにいちゃんみたいな美人だったら、女じゃなくても全然オッケー！」

舌足らずな口調でそう言いながら暗がりで卯月に腰をすり寄せてくる男の腕は、佐田のものに比べると弱々しい。離せと乱暴に恫喝《どうかつ》すればすぐに逃げるかもしれないし、振り払うことだって容易だ。

しかしし卯月はひとつため息を吐くと左胸に意識を集中して、目蓋を閉じた。

「あんた、運が悪かったな」

小さく、口の中で呟く。

「え？」

男は上機嫌そうに笑いながら、目を瞑った卯月が口付けを許したものと勘違いして唇を寄せてきた。

そのくたびれたスーツの胸に掌をあてて、押しやる。多少の抵抗かと勘違いした男は笑って卯月の腰に腕を回したが、――次の瞬間小さく呻いて、苦しみだした。

卯月が再び目を開けると男は苦しそうに胸を掻き毟りながら公園の地面に力なく崩れ落ちていく。

このままもがいて亡くなってしまうものもいれば、息苦しさに喘いで道に飛び出し、轢《ひ》かれてしまうものもいた。彼がどちらになるのかは知らない。卯月には、興味もない。

卯月が彼らを殺したことは間違いない。

だけど、卯月に絡んできたのは彼らの方だ。

卯月は心の中で小さく謝って、その場を後にした。

自分が何者なのか、この不吉な能力が何のためにあるのか、わかってしまえば操ることができた。

この相手から吸い取る、と意識さえすればそれは捕食と同じだ。目の前の料理を食べるか食べないか選択するのと変わらない。

人の死から逃れていれば、体が勝手に飢えて誰かれ構わず命を吸い取ってしまうのだろう。しかしこうして意図的に命を補給していれば、誰を殺すのかコントロールすることができる。

そう気付いたのは、つい最近のことだ。

これならば誰かと一緒に過ごすことはできるのかもしれない。

少なくとも大切な人ができても、その人を殺す心配からは解放されたのだ。

このままでいればそれなりの定職に就くこともできるだろう。決まった人と長く関わることもできるだろう。

でも、大切な人はもうできない。

佐田が見せた苦い顔が、吐き捨てるような声がいつまでも脳裏にこびりついている。

いっそ多くの人と知り合って、今までできなかった体験をいくらでもして、それでも佐田だけが特別なんだと証明してやりたいくらいの気持ちだ。

そんなことをしても佐田には迷惑以外の何ものでもないかもしれないけど。

卯月が一人でただ佐田のことを思い出して胸を疼かせるくらいなら、文句は言われないだろう。どうせ佐田に比べたら卯月の一生だって一瞬なのだから。

その一生のうちの残された数十年を、佐田を想《おも》って生きることになるかもしれない。だけどただ一人で死に場所を探しているより、心の中に面影を抱いて生きていくことのほうがずっと良かった。

その日も資材現場での仕事を終えて、受け取った日当をポケットにねじ込みながら寝場所を探していた。

人を避ける必要はなくなったとはいえ、戸籍もなくなった卯月が定職を探すのは容易ではないし、一つのところにとどまり続ける理由もない。

老いた浮浪者に居場所を分け与えてやろうかと勧められたこともあったが、卯月は礼を言って辞退した。

何しろ定期的に人を殺さなければいけないのだ。一つの場所にいれば、連続不審事件として取り扱われかねない。

少しずつ居場所を変えてふらふらとし続ける卯月を、野良猫みたいだと笑った浮浪者もいた。

不意に、佐田の顔が浮かんで消える。

抗争のあった日にビルを出てから、もう一ヶ月以上経とうとしていた。思い出した顔が本当に佐田の顔なのかどうかももはや自信がない。

佐田の言うとおり卯月は彼のことを殺したいほど憎らしいと思っていたから、最初のうちは顔も見たくなかった。

だから思い出すのはいつも、隣でコーヒーを飲んで笑っていた佐田の表情だ。

あれから街中でコーヒーショップを見かける機会はいくらでもあった。ずっと自分に縁のない人間ばかり集まっているように見えていた店先に、あの日の卯月と佐田がいるように思えて仕方がない。

と同時に、あれは現実のことじゃなくて、やっぱり夢だったんじゃないかとも思える。

夢なら、眠ればまた見れるのだろうか。

佐田の隣では眠れるようになったはずなのに、硬いコンクリートの上ではやっぱりうまく眠れない。

だから、夢ももう見れない。

「おい」

たまにはどこかカプセルホテルにでも入ってゆっくり横になろうかと繁華街に足を踏み入れた卯月を、ざらついた声が呼び止めた。

「てめー、見ない顔だな？」

振り返ると、いかにもといった風の派手な柄のシャツを着た険しい顔つきの男が立っていた。

どことなく長谷川に似た雰囲気でもある。大きな声と吊り上った眉で相手を威嚇《いかく》し、すぐに手が出るタイプだ。

卯月はどう答えていいかわからずに、逡巡した。

あんたはこの往来を通り過ぎる人間すべてを知ってるのか、と言い返してやりたいが、藪蛇《やぶへび》だろう。

面倒は避けたい。この男は、ただのごろつきではない気がする。

「どっから来た」

「……特に寝場所は決まってなくて、今日はこの辺にホテル探しに来ました」

道行く人が、ヤクザ者に絡まれた卯月を憐《あわれ》みの眼差しで一瞥しては、そそくさと立ち去っていく。

このあたりがどこの組の縄張りかなんてことを卯月は知らない。佐田の仕事にもう少し関心を寄せていればわかったのだろうか。

少なくとも佐田のビルから徐々に離れてきてはいるから、佐田組の人間ではないだろう。佐田組がどれほどの規模なのかも知らないが。

「ふぅん……」

目を眇めた男が、まるで値踏みをするように卯月を不躾に眺めてくる。

卯月はじっと直立している他なくて、押し黙った。

前方数メートル先にカプセルホテルの看板がある。早くそこを潜りたいだけなのに、面倒に巻き込まれてしまった。

「やけにキモが据わってんじゃねーか。カタギじゃねえな」

じきに男も難癖をつけるのに飽きるだろうと思っていたのに、その態度が悪かったのか、疑惑を深めてしまったようだ。

カタギではないといえば、そんなことはない。

卯月は佐田のところで暮らしていたことはあるが、佐田組に加入した覚えはない。ただ、善良な一般人かといえば嘘になる。

今だって人目がなければこの男の命を吸い取ってしまって面倒事をやり過ごそうと考えたかもしれ

ない。

「てめーどこの組のモンだ、おぉ!?」

急に気色ばった男が声を荒げると、周囲に緊張が走る。

卯月は眉を顰めて、耳を塞ぎたくなるのをぐっと堪えた。

「いや、俺は別に……」

仕事帰りに立ち寄っただけの繁華街で絡まれるなんて、心外だ。どうしたらこの男の気が済むのかわからずに口籠《くちごも》ると、騒ぎを聞きつけた別の人間が近付いてきた。

「何やってんだ、こんなとこで。カタギさんに迷惑かけんじゃねえ」

スーツを着崩した男がやってくると、派手なシャツの男は「兄貴」と言って一歩下がった。

スーツの男にも、特に見覚えはない。

しかしその襟元についたバッヂに目を留めて、卯月は目を瞠った。

少しばかり形は違っているが、戸坂のつけていたものに似ている。郷野組と近しい組織の人間ということか。突然心臓が強く打ち始めて、左胸が熱くなってくる。

「あ？ ……お前、」

スーツの襟元を凝視した卯月に表情を険しくした兄貴分が、記憶を探るように双眸を細めた。

卯月は初めて、この場から逃げ出したくなった。嫌な予感が、足元からざわっと這い上がってくる。

「――佐田の情夫《オンナ》か」

「！」

スーツの男が言い終えないうちに、卯月は弾かれたようにその場を逃げ出した。

待て、と荒々しい声が追ってくる。

自分でもどうして逃げているのかわからない。

佐田には捨てられた身なのだし、そもそも佐田の何を知ってるわけでもない。佐田のところにいた時期があるというだけで、構成員だったこともなかった。

郷野組の人間に捕らえられる筋合いもないし、何のことですかととぼけて見せてもよかった。

だけどただ、佐田の名前を聞いた瞬間逃げ出したくなった。

息を切らして、往来を抜ける。

駅から繁華街に続く大通りを曲がって細い路地に駆け込むと街灯の数に比例して人通りもぐんと少なくなった。

急に走り出して肺が悲鳴を上げている。足も、筋肉が収縮して思うように動かない。

踏切の音が聞こえてきて、暗がりを見回すとやがてフェンスに行く手を阻まれた線路沿いの行き止まりに辿《たど》り着いた。

「はぁ、っ……はぁ、ッは……」

卯月が足を止めると、騒がしい足音がすぐに後ろを追いかけてきていた。

撒《ま》けるなんて、最初から思っていない。

卯月は肩で息を弾ませながら、忙《せわ》しなく心音を響かせる胸に手をあてて追っ手の男を振り返った。

「てめー、……佐田組のモンかよ」

同じように息を切らしていても、男の眼はさっきまでと打って変わって怒りにぎらついていた。

この状況で違う、と言っても何の説得力もないだろう。些細《ささい》なことだ。否定してもどうにもならない。

「よくもウチのシマに顔出せたもんだなァ！　こっちは叔父貴がヤられてイラついてんだ」

「叔父貴？　戸坂のことか」

あるいは、そのあとの抗争で亡くなった誰かのことか。

どちらにしろ卯月に怒りの矛先を向けるのは間違ってない。彼はただの八つ当たりだと思っているかも知れないが。

突然逃げ出したかと思えば袋小路で落ち着きを払った卯月に得体の知れないものを感じ取ったのか、十分な距離を取った場所で派手なシャツの男は身構えた。

その手に、光るものがある。刃渡りの短いナイフのようだ。

それでは接近戦に持ち込むしかないし、刺されても大した致命傷にはならないだろう。やるなら頸《けい》動脈《どうみゃく》を狙うしかない。

男に卯月を殺すつもりはないのかもしれない。ただ脅して、気の済むまで痛めつけたいだけなのか。あるいは卯月を拉致《らち》して佐田を誘《おび》き出せるとでも思っているのか。

どちらにしろ、叶わないことだ。

卯月は自分の能力がどれくらいの距離で聞くのか試すつもりで、男に手を翳《かざ》した。

「なんだ、ってめえ……！　やめてくれったって、今更」

卯月の掌が、彼のナイフを制そうと見えたのか。中途半端な笑みを浮かべた男がナイフを揺らしながらじりじりと近付いてくる。男の心臓が、胸の前に伸ばした卯月の手の中にまるで触れているようにはっきりと感じることができる。

卯月は深く息を吐いて、瞼を落とした。

「……ッざっけんな、てめ……っ！」

男が、地面を蹴った音がした。飛び掛かられる不安はなかった。あるいはナイフが卯月のところまで届いても、構わない。

ここで死ぬなら、それでいい。

生きるために開き直れと佐田に言われたけど、どうしても生きたいと願うことはいまだにできない。

生きたって、どうせ一人なんだから。

「う、ぐ……っぁあ、あ、っ！」

しかし今回も卯月の肌にナイフが届くことはなく、聞こえてきたのは苦しげな男の呻き声だった。

ナイフを放り出して、地面の上で喉を掻き毟っている。

卯月はゆっくりと腕を下した。

「……すいません」

ただホテルに泊まりたかっただけなんだと心の中で言い訳をして、まだ苦しみ悶《もだ》えている男の脇を通り過ぎようとした。その時。

「動くな」

後から追ってきたスーツの男の構えた銃口が、卯月を見据えていた。

思わず、足を止める。

動くなと言われて止まる筋合いもないのに。

発砲するなら、そればいい。さすがに銃口を向けられたのは佐田に出会った時以来だ。男が引鉄を引くのが早いか、それとも卯月のほうが先か、試してみたい気持ちもある。

卯月の足元では彼の部下が口角から泡を噴いて苦しんでいるのだ。脅しのための拳銃というわけではないだろう。

「佐田のオンナが得体の知れねえ薄気味悪い奴だとは聞いていたが、……まさか本当だったとはな」

銃を構えた男の頬が引き攣っている。

久し振りに向けられる、嫌悪の表情だ。

学生の間はいつもこんな目に晒されていた。あいつと関わると不幸になる、死神だ、気持ち悪いと散々避けられてきた。

卯月のほうから人目を避けるようになるとそれは一層遠慮がなくなって、あいつは気味が悪いと聞こえよがしに言われ続けたものだ。

この反応が、普通なのだ。

胸に悪魔の契約印を持って、人の命を吸い取らないと生きていけないだなんて普通は唾棄すべき対象にしかならない。

そんな人間だとわかっているのに好きこのんで腕の中に閉じ込めたり口付けたりするのは、悪魔くらいのものだ。

佐田が一体どんなつもりであんなことをしていたのかも、卯月にはわからないけど。悪魔の考えていることなんてわからなくても当然だ。

気が付くと卯月は唇に笑みを浮かべて、男に向けて翳そうとしていた手を脱力させた。

男は躊躇せず引鉄を引くだろう。

それで、おしまいだ。

佐田にかかわっていたおかげでこうして死ねるんだから、遠回りではあるけど佐田が殺してくれるようなものだ。

卯月は視線を伏せて、男が両手で拳銃を構えるのを待った。

「……消えろ、この死神が」

苦い声で男が呟いて、引鉄に指をかけた。

卯月はまかり間違っても自分の身を守らないように強く自分の胸を抑えた。

やっと終われる。

卯月、と自分の名前を呼ぶ佐田の声が脳裏を過ぎった。佐田がまるで自分のもののように卯月の名前を呼んでいたのはもうずいぶん前のことだ。

乾いた、破裂音が聞こえた。

「――……っ！」

息を詰め、身を固くする。

しかし、いつまで待っても痛みはなかった。

いや、即死ならば痛みも感じないうちに意識がなくなるものなのかもしれない。

意識はまだある。生と死の境目がないようなものなら、あるいは卯月はもう死んでいるのか。

「……痛ぇ」

カラン、と甲高い金属音が響くのと同時に頭上で低い声が聞こえて、卯月はおそるおそる瞼を開いた。

暗い。

自分が明るい天国に行けるはずもないと思っていたが、地獄にしてはやけに暖かい。

それに、足元の地面は変わらない。

さっきまで苦しんでいた男の指先も見えた。地面を掻いたまま、動かなくなっている。

ここは、どこだ。

地獄でもない。元いた場所と何も変わらない。遠くで、踏切の音も聞こえる。

卯月が呆然としながらゆっくりと顔を上げると、自分を包み込んだ暗さの正体がわかった。

「いくら死なねぇっつっても、痛いものは痛いな」

不機嫌そうに顔を顰めた男の顔が、間近にある。

見間違えるはずも、忘れるはずもない。

卯月は、佐田の腕の中にいた。

「——……ッぅ、あああぁっ！」

銃弾を弾き飛ばされた男は恐怖に引き攣った悲鳴を上げて、なりふり構わずに逃げていく。元来た道を引き返して、自分の組に戻るのだろうか。

卯月が歩いていただけで問題になるような場所だ。佐田がいたなんてことになったらじきに取り囲まれてしまうかもしれない。

だけど今は、そんなことどうでもいい。

「ぁ――……んた、どうして……」

目を瞠って佐田を仰いだ卯月の眼が、どうしようもなく濡れてくる。

自分はまた夢を見ているのだろうか。

「俺は人間じゃないから、死なないんだよ」

佐田は相変わらず月の光をも吸収するような漆黒のスーツを着て、撫で付けた髪は少しばかり乱れているものの、角は生えていない。

卯月がいつも見つめていた、佐田の顔だ。

どうしてここにいるのかわからなくて、信じられない気持ちで卯月はその顔に手を伸ばした。

きつく抱きしめられた腕の中で身動ぎ、その頬に触れる寸前に、また弾かれるのではないかという恐怖が過ぎった。

「あんたが死なないのは知ってたけど、……銃弾も効かないんだな」

「純銀なら知らねえが」

佐田はそう言って、短く笑った。

その顎先にそっと指先を掠めさせる。佐田は嫌がりも、拒みもしなかった。暖かい体温が確かに、ここにある。

「俺は大丈夫だが、お前の体はただの人間だ。銃で撃たれたら簡単に死ぬ」

卯月は佐田の顔を見蕩れるように仰ぎながら、その言葉に小さく肯いた。

放っておけば死ぬかもしれない体を例外的に生かされているだけで、卯月の体は佐田のように弾丸を弾けるわけじゃない。佐田がいなかったら、今頃卯月は死んでいただろう。

少なくとも、死ぬということは卯月にとって救いなのかもしれない。

「――……今のところは、な」

「え？」

佐田の顎の線に指先を這わせただけの卯月の手を取って、佐田がにやりと妖しい笑みを浮かべた。

「どうした、やっぱりまだ死にたいか？」

握った卯月の手を払い落とすでもなく、自分の暖かな頬に押し当てながら佐田が顔を伏せて吐息を寄せてくる。

卯月を見限ったはずなのにどうしてここにいるのかとか、どうしてここがわかったのかとか、尋ねたいことは山ほどある。佐田は答えてはくれないかもしれない。だけど今まで関心を持たないようにしてきた佐田の知らないことが、卯月にはたくさんある。

佐田のことをもっと知りたい。

一緒に生きたい。

生きたかった。

「――……、」

だけど、それが叶わないなら死んでしまっても同じことだ。

卯月は息を小さく吸ったまま、言い淀《よど》んで視線を逸らした。

二度も佐田に拒絶されるのは、きっと死ぬことよりもつらいだろう。それなのにこんなことを訊《き》いてくる佐田は、狡い。

佐田に摑まれた手を振り払って体を離してしまおうと身をよじると、強引に腰を抱き寄せられた。

「っ、……なんだよ。俺なんて、勝手に死ねって……そう言った、くせに」

こんなことが言いたいんじゃないのに、とっさに悪態を吐くと卯月は首を竦めて佐田の腕の中でいやいやと肩をばたつかせた。

そうすればするほど佐田の腕が強くなることを、まだ覚えている。そうされたくて暴れているわけではないが、本心はどっちか知らない。

佐田は卯月を拘束するようにきつく抱きしめると、その首筋に顔を伏せるようにして大きくため息を吐いた。

呆れているんだろう。

それはそうだ。ろくに死ぬ勇気もないくせに口を開けば死にたいとしか言わない、助けてもらった礼も言えないような男には佐田だって嫌気がさすに違いない。

それでいい。もう佐田の顔なんて見たくもない。見れば、胸が苦しくなる。

「あぁ、もうしょうがねえな。お前を生かせるのも殺せるのも、俺しかいねえんだ」

捕えていた手を離したかと思うと両腕を卯月の腰の後ろで組んだ佐田が、額を首筋にすり寄せるように項垂《うなだ》れて呟く。

佐田の言うとおりだ。

少なくとも卯月は、そう思っている。本当はそうじゃなくても。

佐田もそう思っているというのは、意外だけれど。

「……あのなぁ、悪魔になるってのは簡単なことじゃない」

もう一つ息を吐いた佐田がゆるりと顔を上げる。気の抜けたような、どこか諦めているようで苦笑しているようにも見える、複雑な表情をしていた。

卯月は目を瞬かせて、その顔を仰いだ。

佐田の低くて甘い声は、頭の中に心地よく響いている。だけど何を言われているのか、理解が遅れた。

「それでもついてくるのか？」

啞然とした卯月の、長くなった前髪を佐田の掌がやさしく撫で上げる。

見下ろした瞳はくすんだ黄金色をしていて、きっとその眼はいつものように卯月の気持ちを覗き込んでいるはずだ。

頭上で雲間が切れると、高くのぼった月が佐田の影を足元に映し出した。その姿に、色濃く角の形が浮かび上がる。

卯月はそれを見下ろしてから、小さく肯いた。

「……あんたが、連れてってくれるなら」

おそるおそる佐田のスーツに、手を伸ばす。

胸元を摑もうとした手を、逡巡して背中に回してみた。佐田は小さく笑って、卯月の体をさらにきつく抱き寄せた。

「それがお前の幸せとは限らないぜ」

そう言いながら、佐田の声が笑っている。

「悪魔が人の幸せを願うのか」

人を殺さないために悪魔になりたいと言った卯月を、否定したくせに。

佐田の胸元に顔を埋めた卯月がくぐもった声で反論すると笑い声が頭上で響く。耳を押し当てた胸からも、佐田の振動が伝わってきた。鈍い、心音も。

背中に回した腕に、そっと力を込める。佐田の胸で大きく息を吸い込む。これが夢なら、一生覚めないままでいい。

「そうだな。そう言われてみれば、お前が悪魔になるのなんて一番の堕落かもしれねえな」

卯月の髪に指先を梳《す》きいれて押さえつけるように抱きしめた佐田が、唇を落とす。それを仰ごうとして卯月が身動ぐと、佐田は少し腕の力を緩めて応じてくれた。

「俺がそうなりたいって望んでるんだから、救いだろ」

口付けを欲しがって首を伸ばした卯月が言い返すと、佐田がひょいと顔を背けて唇を避ける。

卯月は落とした瞼を開いて、不安に眉を顰めた。

佐田がその表情を見下ろして、意地悪く笑う。

「俺が一人で生きてくことに退屈して、お前を道連れにするために悪魔にするんだ。無理やりな」

これ以上は近付けないほど体はぴたりと密着しているのに、さらに強く抱き寄せようと佐田が卯月の腰を抱きなおす。

卯月は緊張した唇を弛緩させて、小さく笑った。

「……嘘吐き」

一度は、卯月を拒絶したくせに。

あれがどういう意味だったのかは、おいおい問い詰めてやる。
時間はいくらでもある。
もう佐田のことを知りたくもないなんて、一度たりとも思えない。
「そりゃもう。なんたって、悪魔だからな」
くつくつと喉を鳴らして笑った佐田が、今度こそ優しく唇を寄せてきた。
卯月は首を反らして、それを迎え入れる。
悪魔との口付けは、甘くやわらかな味がした。

「ちょ……っ、待っ、降ろ」

久しぶりに訪ねたビルの十三階は、雑然としていた。

相変わらず物は少ないが佐田の脱ぎ散らかしたスーツや、ところどころ獣の毛のようなものも散乱している。

それを気にしたためか、唐突に抱き上げられて卯月は思わず声を上げた。

足を腕にかけられ横抱きにされて咄嗟に佐田の首にしがみついたが、これではなんだか、恭しく抱き上げられた女性のようだ。

「暴れるな」

佐田は何でもない顔をして、キングサイズのベッドまでまっすぐ向かっていく。

大した距離じゃないのは知っている。大した距離じゃないからこそ、こんなふうに抱き上げられる必要もない。部屋に散乱したものを避けて歩くくらいなんでもないし、そもそも卯月は昨晩まで路上生活をしていたのに。

佐田の信じられない行動に、顔が熱くなってくる。

「あ、……っあんた、こういうキャラじゃないだろ！」

「なんだ、乱暴に突き倒されて犯されたほうが良かったか？」

ベッドの上に体を降ろされて顔を仰ぐと、スーツの上着を脱ぎながら佐田が笑った。

思わず、言葉に詰まる。

肩に痣が残るまで強く押さえつけられて、身動きも取れないまま乱暴な行為を強いられるのはもう御免だ。

卯月は口を噤んで視線を伏せると、後ろ手をついたベッドのシーツを握りしめた。

「い、……嫌だ」

唸るように答えるのと同時に、ベッドが揺れた。

ワイシャツのボタンを解きながら膝をついた佐田の唇が頬にすり寄ってくる。自然と唇を薄く開いて、卯月は目蓋を落とした。

「じゃあ、文句を言うな」

一度、二度と短く啄《ついば》んでは離れていく唇が焦れったくて、卯月は佐田の首に腕を回して引き寄せた。

佐田が舌先を覗かせると、それに自分から吸い付いていく。

ゆっくりと佐田の体重が移ってきて、卯月はベッドに体を沈めた。

こんなことを思うのは図々しいことかもしれないけど、なんだか「帰ってきた」という気がしてしまう。このベッドで眠っていたのはそう長い時間ではなかったが、引き払われてしまった古アパートや、叔母の家よりもずっと安心する。最初はただわけもわからないまま拉致されて、ここに来たのに。

「文句じゃなくて……！」

舌先を戯れさせるようなキスをしながら佐田の手が卯月の服をたくし上げる。その指先が素肌に触れるだけで、体の芯《しん》がぶるっと震えた。

「じゃあ、何だ？」

唇から耳朶に滑り降りた佐田の濡れた唇が囁く。そろりそろりとわざとゆっくり這い上がってくる指先に、卯月は身をよじりながら佐田のシャツの背中を握った。

「ん、……ぅ、は……っ」

ちゅ、ちゅっと音を立てて耳朶を吸い上げられると、体がじっとしていられない。唇を噛み締めていても鼻にかかった声が漏れて、佐田に体をすり寄せたくなってしまう。

佐田に出会うまで他人と交わることなんてないと思っていたし、快楽だって知らなかった。だけど一度覚えてしまった行為は、佐田の唇が掠めるだけで堪らなく欲しくなる。

生まれてから二十年以上、なくても平気だったものなのに、しばらく佐田と離れていただけでこんなにも飢えている。

「なんだよ、言ってみな」

佐田の指先が、唇が優しくて気が変になりそうだ。

乱暴に抱かれるのでなくただ抱きしめられて眠る夜と似た気持ちに襲われる。胸が苦しくて、体が熱くて、眩暈がする。

「は、っ――……恥ずか、しい……」

卯月は緊張してうわずった声が上がりそうになる口元を掌で押さえて、小さく呟いた。

と、卯月の首筋に唇を埋めていた佐田が顔を上げて目を瞬かせた。

眦《まなじり》の下がった目を丸くして凝視されると、ますます体が熱くなっていたたまれなくなってくる。卯月はシーツに頬を押し付けるように顔を逸らして、一方の手で佐田の顔を押しやろうとした。

人が恥ずかしがっている顔なんてまじまじと見るものじゃない。

口元を押さえた手で顔を隠そうとすると、どっちの手もやんわりと摑まれて、ベッドに縫い付けられた。

「っ、！」

息を呑んで、佐田の顔を窺う。

意地悪く笑って卯月のことを見下ろしているかと思えば、意外にも佐田は怒ったかのような顰め面をしていた。

何か悪い事を言っただろうか。

熱くなった卯月の体がさっと冷えそうになると、乱暴に唇を貪られた。

「ん、――……っふ、ん……んぅ、っ」

さっきまでとは打って変わって口内を舌で犯されるようなキスをしながら、卯月の下肢を膝で割った佐田が腰をすり寄せてくる。

まるで抽挿を思わせるような律動を加えて突き上げられる体に、卯月は鼻を鳴らして応えた。

歯列を舐られ、舌の根元まで吸い上げられる。

ぎこちない動きで卯月も佐田の舌を求めると、両手を押さえた掌が腕を撫で下ろして、胸を弄った。

「ぁ、っん……ん――……っは、ぁ」

焦らされていた胸の上の突起を佐田がきゅっと摘むと、卯月は過敏に仰け反ってベッドを揺らした。

その拍子に唇が離れてしまって、銀糸が伸びる。

「……そんな顔をして恥ずかしいだとか抜かすなよ」

唾液を纏ったままの唇を胸元に下ろして、佐田が不服そうに呟いた。

「え？　……っぁ、ちょ……待っ、」

尋ね返す間もなく、佐田に触れられたせいで刻印の浮かび上がった胸の上を吸い上げられると卯月の体はひとりでにがくがくと震えて、言葉も紡げない。

水音をたてさせながら啜《すす》り上げた乳首に口内で舌を絡め、何度にも分けて強く吸い上げられると甘い痺れに支配されて自分の体の自由が利かなくなってしまう。

卯月は悶えるようにシーツに縋り付き、腰を突き上げながら声を押し殺した。

それを上目でちらりと覗いた佐田が、笑いながら下肢に手を伸ばした。

「ん、っ……んん、ぅ、っ……待っ、……佐田さ、っ……ぁ、嫌、」

どうしようもなく跳ねてしまう卯月の体は、既に熱を持って下着を押し上げていた。それを佐田に知られたくなくて慌てて腕を押さえようとするが、力が入らない。

あっけなく佐田の掌に膨らみを捉えられた卯月は唇を噛んで、いやいやと首を振った。

「なんだ、嫌なのか？　あれだけ熱烈に俺と一緒に生きたいっていうもんだから、そういうことかと思ったんだがな。嫌ならやめるか」

ねっとりとした手つきで下肢を撫でながら佐田が顔を上げると、卯月はひくっと喉を鳴らした。

違う。

やめてほしくはない。

だけどそんなことを言うのは躊躇《ため》われて、震える唇を開いては、言い淀む。

以前はどんなに嫌だと言っても聞いてくれなかったくせに。

やめるかなんて、ただのからかいでしかないという気もする。だけど、佐田の唾液で濡れた胸が室温で冷めていくと切なくなってくる。

「さ、……っ佐田、さん」

無理やり絞り出した声は、自分でも情けなくなってくるくらいか細かった。佐田の耳に届かないかもしれないと思うほど。

しかし佐田は呆れたように小さく笑うと、卯月の顔を見下ろして首を傾げた。

「なんだ？　……それともただ恥ずかしいだけ、か？」

驚くくらい佐田の声が優しくて、目元が熱を帯びてくる。それが人間を誘惑する悪魔の声なんだとわかっていても、胸が押し潰されそうだ。

目を瞑って何度も小さく肯くと、自分の目尻が濡れているのがわかった。

ふは、と佐田が噴き出した声が聞こえた。どんなに笑われても仕方がない。笑われてもからかわれても、佐田のそばにいたいと願ったのは自分だ。

卯月は佐田の腕を握る手にぎゅっと力をこめた。

「——ああクソ、……可愛いな」

佐田が、小さな唸り声を上げた。

その声に濡れた目を開くと、手を添えられた下肢が性急な手つきであらわにされて佐田の手が忍び込んできた。

「あ、……っん、あ、ぁ……っ！」

「下着がもう濡れてるじゃねえか。早く脱がないとな？　……脱がせて欲しいだろう？」

耳元に寄せられた佐田の息が荒い。

先走りで濡れた下着ごと屹立《きつりつ》を扱かれて、卯月は身をよじりながら佐田の体にしがみついた。悶えた体に擦り寄せられる佐田の下肢も熱くなっている。その熱が体内に挿入される快感を、卯月は知っている。それを思うと息苦しくて、卯月も息を弾ませた。

「ん……っ、うん、……っ脱がせて、欲しい……っ」

「はは、お利口だ」

佐田が笑うと、卯月の体は蕩けそうになる。

こんな感情の名前を、卯月は知らない。誰も教えてはくれなかったから。

だけど佐田が熱っぽい表情で笑うと卯月はその肌に触れていたくて、もっと溶け合うくらいに一緒になりたくて、たまらなくなる。

佐田もそんなふうに思ってくれたら、二人の体が溶け合うことが叶うのだろうか。

どうしたら佐田がそんなふうに思ってくれるのか、知りたい。

「ん、……あ、……あのさ」

一度体を起こした佐田に下肢を抱え上げられて細身のパンツを脱がされ、下着の上から口付けられる。下腹部を痙攣させて身をよじりながら卯月が嫌がると、佐田はまた笑った。

「うん？」

「悪魔って、……どうしたらなれるんだ？」

なるのは簡単なことじゃない、と佐田は言っていた。

痛みや苦しみを伴うものなのか、それとも選ばれた人間しかなれない、難関でもあるのだろうか。

どんなことでも甘んじて受け入れるつもりだけど、不安がないといえば嘘になる。

佐田は手をかけた下着をゆっくり引き下ろしながら、難しい顔で視線を泳がせると首を捻った。

「さあ？」

「っ、さあって……！」

まるで、他人事のようだ。

実際佐田からしてみたら他人事なのだが、卯月にとっては大事なことだ。かっとなって上体を跳ね起こそうとすると、抱えられた両脚をぐっと前に押し倒されて背中がベッドに沈む。

あらわになった下肢が無防備な状態にされて、卯月は歯嚙みした。

佐田の手に撫でられて濡れそぼった熱芯も、その下でひとりでに収縮する窄まりも佐田の眼下に晒されているかと思うとベッドに顔を伏せずにはいられない。

恥ずかしくて顔を逸らしているのに、足を抱え上げた卯月の上にのしかかるようにして顔を覗き込んできた佐田が、にやりと笑った。つくづく腹が立つほど、美しい顔で。

「俺の子でも孕《はら》めば、なれるんじゃないか？」

今まで聞いたこともないくらいわざとらしく甘ったるい声で、佐田が囁く。

背筋を、疼きが走った。

「っ！　は、孕むわけ……ッ！」

そんな戯言で体を熱くさせる自分を誤魔化したくて喚くような声を上げた瞬間、背後の蕾に佐田の指先が潜り込んできた。

「――……っぁ、んぁあ、あ……っ」

佐田の声に愛撫《あいぶ》されたわななきも冷め切らないままの体を暴かれると、発情したような舌足らずの声が漏れてしまう。慌てて口を押さえても、佐田の指がゆっくり出入りすると我慢ができない。

「ずいぶん締め付けてくるな。他の誰にも、この体を触れさせたりはしてないんだろうな？」

体内を調べるようにぐるりと柔肉に触れた後で、佐田は指先に自身の唾液を纏わせてもう一度挿入した。

「い、……っぁ、ああ、っ……誰、……誰も、そんな、こと……っ」

させていない、と言葉で告げる代わりに首を振る。

佐田以外の人間が襲ってきたって、いくらでも抵抗することはできる。そういう人間の命を吸い取って過ごしてきたんだと言ったら、佐田はどんな顔をするだろうか。そんなことはもうとっくにお見通しなのかもしれない。知った上で、卯月を虐めているのか。

「そうか」

しかし佐田は安堵したように笑って、濡れた指先の本数を増やした。

「ひ、ぁ……っあ、……佐田、さ……っぁ、んぁあ、あっ」

佐田の掌が叢を打つほど根本まで突き入れられると、そのまま中を小刻みに掻き上げてくる。

蜜《みつ》を垂らした前には触れられてもいないのに体内から擦られただけで卯月のものは腹を打つほど大きく震えて、がくがくと腰が揺れた。

みっともない声を上げたくないのに、唇が弛緩して力ない声が漏れてしまう。寄る辺がなくて佐田にしがみつくと、佐田はその体をしっかりと抱きしめてくれた。

「ん、あ、っぁ、……嫌、だ……っだめ、っひ、ぅ……っもう、そこ……っ！」

佐田の手から逃げを打つように腰を揺らめかせて、首を振る。

自分でも驚くくらい甘えた声も、佐田の胸に顔を埋めていれば少しだけ恥ずかしさが薄れるような気がした。

「うん、ここか？　……駄目じゃないだろう。イイんだろう？　ヒクつかせて悦《よろこ》んでるじゃないか」

卯月を甘やかすような声で言いながら、佐田の唇が熱くなった卯月の耳朶を何度も吸い上げる。

背後を撫でられ、耳にキスをされながらもう一方の手で胸を探られていると、卯月は熱に浮かされたように何も考えられなくなって、荒い息を弾ませながら何度も佐田の背中にしがみつき直した。

熱で体が溶け出しそうなのに、快感の芯だけがはっきりとあって、それを佐田に舐られているような感覚だ。佐田の体に卯月が溺《おぼ》れているはずなのに、まるで溶けてしまった卯月の中に佐田を迎え入れている気になる。佐田を受け入れたい。ひとつになりたい。

「佐、田さ……っ、もう、——……欲し、っ」

喘ぐように息を吐きながら、卯月は懇願するように言っていた。

佐田が顔を上げて、卯月の顔を覗き込む。キスをするためだったのかもしれない。だけどその濡れた唇に塞がれてしまう前に、卯月は縋るように訴えた。

「……っあんたのが、欲しい……っ早く、も……っ我慢、できない」

触れ合わせた唇の中に注ぎこむようにねだると、佐田が目を瞬かせた。

背後に咥え込んだ佐田の指先を、体が勝手に締め付けてしまう。もっと熱いものに、もっと奥まで暴かれたい。

卯月の気が変になるまで掻き回されて、早く、佐田のものにして欲しい。

「早く……っもう、俺——……っ」

焦れったくて涙が溢れてくる。

佐田の背中にしがみついた卯月が寄せられた唇に自分勝手に吸い付きながら繰り返すと、重ねられた体温がかっと上がったような気がした。

埋められていた指が引き抜かれて、その手で佐田が自身の前を寛げる。それに力を貸そうと卯月が手を伸ばすと、すぐに乱暴にベッドへ押さえ付けられてしまった。

「つぁ、……佐田、さ――……っ?」

抱え上げられた足が腹につくほど前に倒されて、卯月は潤んだ目を仰がせた。

「俺を誘惑《アクマ》するなんて、……まったくとんでもない悪魔だよ、お前は」

卯月を覗き込んだ佐田の瞳が赤く染まり、乱れた髪の間から角が覗いている。だけど恐ろしさは少しも感じなかった。むしろ背後に突き付けられた佐田の熱に体が疼いて、恍惚としてくる。

頭上で腕を拘束した卯月の顔を見下ろしながら、佐田が息を詰めてゆっくりと腰を沈めてくる。

「――ぁ……っん、……く」

指で解されたとはいえ、もう一ヶ月も迎えていなかった大きなものをねじ込まれると、卯月は唇を噛んで震え上がった。

痛みは、初めての時に比べたらないようなものだ。

だけど、早く奥まで受け入れたいはずの下肢がヒクヒクと収縮してしまって止まらない。佐田も窮屈な中に戸惑っているように険しい顔を浮かべている。

「う、……っふ、ぁ、っは……ん、ふ」

少しずつ肩で息を吐いて力を抜こうとしているのに、自分の体が自分のものではなくなったように自由にならない。

首を竦めて小刻みに震える体を身動がせていると、不意に佐田が額に唇を落としてきた。

突然のことに、驚いて目を瞬かせる。涙がぽろりと零れ落ちた瞬間、今度は卯月の手首をおさえていた手を離して硬く起《た》ちあがった乳首の先を撫でてくる。

「んゃ、……っあ、あっ」

唇をわななかせた卯月が思わず身をよじると、緊張が解けたのを見計らったように佐田が腰を突き上げてきた。

「ひ、ぁ……っあ――……っぁあ、あっ」

ビクビクと震える怒張が最奥を穿《うが》って、卯月は目を瞠った。

押し上げられた下腹部から何かが破裂したかのように愉悦が広がって、宙を掻いた足の先まで甘い痺れで感覚がなくなっていく。

胸が、熱い。ひどく。

だけど今まで感じたことのある悪い予感などじゃなくて、なんだか切なくなる閃光《せんこう》のような感覚だ。

その熱に全身が支配されて、じっとしていられない。

「ぁ――……っ、待っ……駄目、動か、ないで……っまだ、」

深々と突き入れたまま佐田はまだ卯月の中が馴染むまで動こうとはしない。それなのに体を支配した快楽に恐ろしくなって卯月は泣きじゃくるような声で懇願した。

佐田は動いていない。動いているのは、自分のほうだ。

歯の根が合わなくなった口元を手で押さえて堪えようとしているのに、佐田を受け入れた肉襞がざわめいて止まらない。

「卯月、大丈夫か？」

耳元で、佐田が囁く。

心配も半分、愛撫の代わりも半分なんだろう。その低い濡れた声だけで卯月は腰から下を断続的に痙攣させた。

「っぁ、……あ――……佐田、さ、……ど、しよ……っ俺、おかし……っ！」

「おかしくはないさ。惚《ほ》れた相手と繋がるってことは、こういうことなんだろ」

縋るように見上げた佐田の表情が、何故か泣きそうに見えた。

しかしすぐに佐田の指が卯月の胸の上をつっと撫でると全身が粟立ってベッドの上を仰け反る。

「ぁ、や……っィ、……っイク、っ……こんな、こんなの……っ」

今まで佐田に何度貫かれたか知らない。初めてよりも慣れてきたほうがいいことには気付いていたし、だけどそれを知らないふりもしていた。

抱きしめられて眠るだけの日が増えるにしたがってたまに抱かれる夜の快楽が強くなったのも、生理的に蓄積される欲求のせいなんだと思っていた。

だけど今日感じているそれは、そんな理屈では説明できない。まるで自分が、自分ではなくなってしまったようだ。

啜り泣くような声を上げた卯月の手を取って、佐田が指を絡めた。その手をきつく、握り直す。佐田が卯月の目を覗き込んで、顔を歪めるように微笑んだ。

「……ああ、俺も初めてだ」

あどけない子供のように無垢《むく》な佐田の声を耳に抱くと、卯月は耐えられなくなって腰を揺らめかせた。同時に、佐田も突き入れたものを卯月の中に擦りつけるように動き始める。

「ぃ、あ……っあ、佐田、さ……っ佐田さん、さ……っぁ、ぁあ、も、もうイク、ィ……っだめ、止ま、な……っ」

佐田が身動ぐたびに卯月は射精しているのかただの先走りなのかもわからないほど止めどない蜜を溢れさせて、もうずっと痙攣が止まらない。佐田の手を握っていても体を少しもじっとさせていることができなくて、ベッドのシーツに皺を刻んでいく。

「ああ、卯月。……たまんねえな、お前は」

ベッドごと揺らすように佐田が深い抽挿を始めると、引きずり出されていく感覚と突き上げられる快楽で卯月は声さえも出なくなった。

重ねあわせた手をベッドについて、佐田が真剣な顔を俯かせて夢中で卯月の中を穿つ。

不意に卯月が大きく痙攣しながら泣き声をしゃくりあげると、ふと相好を崩して唇を吸い上げてくれた。

「――……っぁ、あ――……ぁあ、あっ……！」

瞬間、大きなうねりに捕まったように体をよじらせた卯月の中で佐田もまた、質量を増した。

「……っ、卯月」

低く押し殺した声を漏らして、身悶える卯月の体を佐田が押さえこむ。抜き挿しを繰り返した下肢が止め方を忘れたように激しく打ち付けてきて、逃げを打とうとする卯月を追い詰めていく。

「ぁ、や……っぃ、嫌、だ……っぁ、あっおかし、……っおかしくな、っ……！」

シーツを手繰り寄せた卯月が体を反転させると、その腰を掴んだ佐田に下肢を引き寄せられる。

「ひぁ、……っぁ、ああ、あ――……っ！」

背後から佐田の腰が打ち付けられると、卯月はベッドに伏せた上体を弓なりに反らしてシーツの上に吐精した。今までだってとっくに壊れた蛇口のように漏らしていた。もうずっと絶頂に突き上げられているような状態だ。

「ぁ、あ……っあ、もう、佐田さ、佐田さん……っ俺、もう……っ」

「俺だって、とっくにおかしくなってんだよ」

背中に覆いかぶさってきた佐田が苛立たしげに呟くと、射精したばかりの卯月の腰を深々と貫いてくる。その先端から今にも熱い迸りが噴き上げてきそうなのがわかるくらい、卯月も締めあげてしまう。

「佐田さ、……っぁ、あ……っ」

卯月を背後から抱きしめた手で乳首を摘んだ佐田が、息を詰めて緊張している。密着させた下肢が今にも溶け合いそうなくらい熱くなって、卯月は朦朧《もうろう》とした目で佐田を振り返った。

自然と、唇が寄ってくる。

今なら、佐田も卯月と同じように溶けて混ざり合いたいと思ってくれているのだと信じることができる。佐田のように心を見透かすことなんてできないけれど。

「――……っ卯月、出すぞ」

絡めた舌を解き、しかし濡れた唇を合わせたままくぐもった声で佐田が呻いた。

「ん、――……ぅん……っ欲し……っ佐田さんの、……っ中に、」

シーツを握りしめて、腰を突き上げる。佐田も卯月の体をきつく抱きしめて、短く痙攣した。

互いの吐息が重なってひとつになっていく。

「ぁ――……っあぁ、あ……っ！」

声を上げたのがどちらなのか、もうわからない。

何度も体を震わせながら佐田が卯月の中で噴き上げた時、卯月もまた何度目かの絶頂を迎えていた。

「兄さん！　兄さん、あっにっさーん！」

けたたましい声とともに社長室の扉が開いて、青山が駆け込んでくる。

佐田はデスクに肘をついて額を押さえているが、ともすれば今にも不機嫌さを露呈しそうな雰囲気だ。あまり佐田が怒ったところを見たことはないが、それはおそらく彼が激昂する前に相手を殺してしまうからだろう。

邪魔者は殺す。道端にあるゴミを捨てるのと同じだ、と佐田が平然と言ってのけるのが目に浮かぶようだ。それが自分の従業員でも躊躇はないだろう。

それを卯月が嫌だ、と言ったらどうかはわからない。

多少は躊躇してくれるだろうかと思うのは驕《おご》りかもしれないし、しかしきっと話くらいは聞いてくれるだろうという気はする。

「青山。ここは俺の部屋だ。許可を得てから入れ、と浅井に教わらなかったか？」

深くため息を吐いた佐田の語尾を掻き消すように、ノックの音が響いた。振り返ると、青山の手で開け放たれた扉を浅井がノックしている。相変わらずの無表情だ。

「教えました」

浅井を振り返った青山は大きく首を捻っているが、自分が叱《しか》られていることはわかっているのだろうか。

「用件は何だ」

それを言ってさっさと帰れと言わんばかりに佐田が鋭い視線を向けると、あっと声を上げた青山が勢いよく卯月を振り向いた。

「兄さん兄さん、今日アニキが退院してくるそうすよ！」

「なんでそれを卯月に言うんだ」

佐田は苛立たしくぼやいているが、卯月は素直に安堵した。

あの抗争の被害状況について佐田に尋ねると浅井や青山は無事だ、とすぐに返ってきた。小鳥遊は肩に被弾したので療養を兼ねて服役させたと言われ、長谷川について卯月が聞くのを躊躇っていると入院中だ、と頭を撫でられた。

どういうわけか青山が卯月に懐いたおかげで、長谷川もそれなりに卯月に関わっていたほうだが、それが死なずに済んだことは卯月にとって全身の力が抜けて行くくらいの良いニュースだった。

とはいえ失血が多く、腹部も銃弾が貫通していなかったおかげで手術となり入院が長引いていた。

それが今日退院するというのだから、嬉しい話だ。

「だから今日お祝いしようと思うんすけど、兄さんも一緒に――」

「帰れ」

大きなため息とともに佐田がとうとう椅子を立ち上がると、威圧的に青山を睨み付けた。

「用が済んだら帰ります。それで、兄さん」

「今すぐ帰れ。今後俺の許可無く卯月に声をかけるな目も見るな」

「なんでそんなことあんたに管理されなきゃいけないんだ」

青山を散らそうとしてデスクを離れた佐田を卯月が見やると、佐田が言葉に詰まって足を止めた。きょとんとした青山の後ろで、浅井が咳払《せきばら》いをしている。おそらく、笑いそうになったのを誤魔化したんだろう。

「――……お前が俺の情夫《オンナ》だからだ」

顔を顰めた佐田が唸るように言うが、以前感じたほどの迫力がまるでない。

もっとも、本気で佐田を怒らせるようなことがあれば卯月なんて迫力だけで気圧《けお》されてしまうに違いない。

最近巷《ちまた》では、佐田は情夫に牙《きば》を抜かれたと噂になっているらしい。ヤクザ者としては名誉でないことは確かだが、郷野組のシマを半分以上奪い取って大きな勢力となった今ではそれくらいの余裕があったほうが箔《はく》が付くというものだ。

そうじゃないのかと卯月が言うと、佐田も違いないと言って笑っていた。

卯月では極道の妻にはなれないが、生涯の伴侶《はんりょ》であることに変わりはない。覚悟を決めて、この世界に馴染んでいかなければならない。

ただでさえ佐田と卯月の「生涯」は長すぎるのだから。

——あの後、自分が佐田と同じ悪魔になったという実感を卯月はしばらく得られないでいた。

確かに佐田組の誰も死ぬことはなかったし、それでも卯月は生きている。

他人の命を吸っていなければ死んでしまう体質だったなんていう佐田の説明がもしかしたら嘘で、周りの人間を不幸にしてしまう厄介な体質が治っただけなんじゃないかと疑いもした。

変わったことといえば、胸に刻まれた魔法陣のような刻印が常に鮮明に浮かび上がっていることと、感情によって瞳の色がたまに赤くなるくらいだ。

一度佐田と喧嘩をした時に卯月の目が真っ赤に染まると、佐田は驚いた後、何故だかひどく上機嫌になった。

それこそまるで卯月が佐田の子供でも授かったかのような喜びようで、しばらく抱き上げて離してくれなかったくらいだ。

佐田にしてみれば、卯月の瞳の色が変わったことはこの先ずっと一緒に生きられる伴侶の証《あかし》のようなものだったんだろう。

「ちょっとくらい邪魔が入ったって構わないだろう。二人きりになりたければ、いくらでも時間はあるんだから」

ヤクザな悪魔と疫病神。

拗《す》ねたような佐田を卯月が笑うと、青山が目を瞬かせた。浅井も少しばかり、驚いたように顎を引いている。

このところ卯月もよく笑うようになった。だけど佐田以外の人間には珍しく見えるのかもしれない。すぐに佐田が歩み寄ってきて、卯月を腕の中に隠してしまう。

それがおかしくて、卯月は笑いが止まらなくなってしまった。

「あとでコーヒーでも買いに行くか」

窮屈な腕の中で頭上を仰いで卯月が笑うと、苦い顔をした佐田が不機嫌そうな唇を落としてきた。

「……やっぱりお前を他の人間を関わらせるべきじゃなかったな」

唸るように言った佐田の背後で、青山が浅井に目を覆い隠されながら社長室を引きずり出されていく。

扉の閉まる音を耳に留めると、卯月はようやく安心して佐田の背中に腕を回した。

「あんたが俺をこんなにしたくせに」

佐田に抱きしめられると、左胸が甘く疼く。それが刻印が共鳴しているだけなのか、それとも恋しいと思う感情のせいなのかはわからない。

だけど、こんなふうに誰かの体温に溶けて甘い気持ちになる自分なんて、以前は想像もしなかった。

今は、佐田が口付けてくれないと死んでしまう病気に罹《かか》った気分だ。

それは悪魔になることよりずっと、幸せで厄介な体質かもしれない。

「……そんなもの、お互い様だ」

ふと観念したような、笑ったような息を吐きだして佐田が瞼を閉じる。

卯月は顎を上げて、その唇に身を委《ゆだ》ねた。

ヤクザな悪魔と
新米アクマ。

掌《てのひら》をじっと見る。

握っても開いても、指先に神経を集中してみても、この二十年間見慣れてきたいつもと変わらない掌だ。特に変わったところはない。

その手を、頭に上げてみる。

いつも長く伸ばしていた髪が短く刈《か》られている以外にはやはり何の変化もない。

体の他のどの部位も、今までと大きく変わったと感じるところはなかった。

もっとも、佐田《さた》に出会ってからというもの今まで誰にも触れられたことのなかった敏感な部分を弄《まさぐ》られ、体の奥深くまで快楽を感じるような体になった——という変化はある。

その無骨な手で引き寄せられ、意地の悪い唇に肌を撫《な》でられるだけで劣情を覚えるようにもなってしまったし、ただ腰をゆるく抱かれているだけでも切なさを覚える。

だけどそれは卯月《うづき》が一生覚えることのないだろうと諦めていた感情であって、肉体が変化したわけじゃない。

体は敏感になった。はしたなくなったとも言える。

それはあくまでも人間としてのそれだ。

「何やってるんだ」

寝室の扉が開いた音がしたかと思うと、訝《いぶか》しげな佐田の声が頭上から降り注いだ。

顔を上げるとシャワーを浴びてきた佐田はいつも後ろに撫で付けている髪を乱れさせて、額に水滴を垂らしている。首にタオルを掛け、下着こそ着けているもののほとんど裸に近い格好だ。

前からでは見えないものの、その背中には日本の暴力団では佐田の他にはいないだろうと思える変わった刺青が施されている。

卯月の胸にも、似た模様はある。

それがどちらも刺青でないことを知っているのは佐田と卯月の二人だけだ。

そっと胸に掌を押し当ててみる。

刻印が濃くなったことは変化といえる。だけど佐田のそばにいるおかげではっきり見えるようになっているだけかもしれない。

「卯月」

胸に押し当てた手を取り上げられて、卯月は再度佐田を仰ぎ見た。

くすんだ黄金色の瞳が卯月の心を見透かそうとするかのように覗《のぞ》き込んでくる。

以前は見透かされることが怖くて、佐田の視線を不快だと思ったりもした。それどころか触れられるのもそばにいるのも苦痛だったのに、不思議なものだ。

「……何笑ってるんだ、変なやつだな」

卯月の手を摑《つか》んだまま、佐田が隣に腰を下ろした。

ベッドが弾んで体勢がぐらりと傾く。慌てて手をつこうとすると、その肩を佐田に抱き寄せられた。

「笑ってた？」

「少しな」

そう言う佐田のほうが笑っている。

あるいは卯月の笑った顔が可笑《おか》しかったのかもしれない。

生まれてから今まで二十年間も笑ったりしてなかったのに、この数ヶ月で笑うようになった。

顔の筋肉がうまくコントロールできなくて、もしかしたらはたから見たら不気味な顔になっているのかもしれない。それこそ、笑えるくらい。

「卯月」

摑《つか》まれたもう一方の手を頰《ほお》に当てて自分の顔を把握しようとすると、佐田の影が視界を覆った。

反射的に、瞼《まぶた》を落とす。

すぐに唇が短く啄《ついば》まれて、捉《とら》えられた手に指が絡んだ。

最近はこうして指を交差するようにお互いの手を組むと、掌がぴたりと重なって落ち着いた気持ちになる。

絡めた指先に卯月が力をこめると、顔の向きを変えて佐田がもう一度唇を合わせてきた。

バスルームで歯を磨いてきたのだろう清潔な香りの向こうに、佐田の唾液《だえき》の味を探して舌を伸ばす。

「ん、……ふ」

抱かれた肩を更に強く引き寄せられて、卯月は佐田の胸に身を任せた。

首を伸ばして卯月からも唇を開く。

空いた方の手を佐田の腰に回すと、まだしっとりと濡《ぬ》れていた。何故だかそれが妙に妖しく感じられて、卯月の胸がどきりと跳ねた。

「……何を考えてたんだ」

舌先をもつれさせるようなキスを楽しんだ後で顎《あご》を引いた佐田が、片目を開いてまだ余韻を残している卯月を窺《うかが》った。

キスの味に酔っている相手の顔を盗み見るなんて相変わらず嫌なやつだと思うのに、腰に回した腕を解けない。

「そんなの、すぐわかるんじゃないのか」

今まで何でも見透かしてきたくせに。

眉《まゆ》を顰《しか》めた卯月が間近にある下唇に噛《か》み付くと、佐田が小さく笑った。背中が震えて、掌を押し当てた筋肉が隆起する。

「何だ、察して欲しいのか」

「っ、そういうわけじゃ……」

誰が好きこのんで心を覗き込まれたいものか。

いくらそばにいたいと、一生をともにしたいと恋《こ》い焦《こ》がれる相手でも、心の中は自分だけのものにしたい。

卯月を膝《ひざ》の上に抱き上げようとする佐田の胸に手をついて押し離れようとすると、繋いだ手を乱暴に引かれる。

佐田の濡れた胸にしたたか鼻先をぶつけて顔を顰めていると、すぐに腰を抱き寄せられて結局膝を跨《また》がされてしまった。

いくら体格差があるとはいえ、まるで子供扱いだ。

すぐに顔を上げて不服を訴えようとすると、顔を上げるなり鼻先を吸い上げられて卯月は一瞬、言葉に詰まった。

「――……悪魔になった実感がないなって、」

文字どおり出鼻をくじかれた卯月は視線を泳がせながら、渋々口を開いた。

佐田の大きな掌が、卯月の乾いた髪を梳《す》くように撫でる。

唇を尖《とが》らせた卯月がおそるおそる佐田の顔を盗み見ると、訝しげに片眉を上げて見下されていた。

「実感？」

完全に馬鹿にされた声だ。

だから言いたくなかったんだ。卯月はため息を吐《つ》いて、額を押さえた。

「家出中にさんざん人を殺してたんじゃなかったのか」

「人聞きの悪い事を言うなよ。それに、あれは悪魔になる前だ」

殺したくて殺したんじゃない、というのも今となってはただの言い訳だ。

あの時は自暴自棄になっていたし、命を吸い取る相手は殺されても仕方のないことをしたんだと自分に言い訳をしていた。

道に落ちている人間なら凌《りょう》辱《じょく》してもいいんだろうなんて考えるのは未だに反吐《へど》が出そうな発想だけど、何も殺すことはなかったと、今なら思う。

だけどどうせ誰かを死に至らしめてしまうなら、世話になった人が亡くなってしまうよりは自分に危害を加えようとした相手をと思うのは自然なことだ。

悪いことをしたと反省するのも、誰の命も必要としなくなった今だからできることだ。

——悪魔になって変わったことといえば、それだけだ。

実際この数ヶ月、卯月の周りで不幸はない。

入院していた長谷川《はせがわ》は退院してきてピンピンしているし、郷野《ごうの》組をほとんど吸収する形でケリを付けたという佐田の組は近隣の組織との軋轢《あつれき》もなく——実際他の組からしたら手が付けられないだけかもしれないが——怪我人もない。

今までならもうじき誰か死ぬ頃だ、そろそろ身の回りの人間が一度に大事故に巻き込まれるかもしれないと怯える卯月を嘲笑《あざわら》うかのように、今日も平和だ。

悪魔に人間と同じような命はない。

だから、もう誰の命を吸い取ることもない。

それが卯月が悪魔になったという何よりの証左なのだ。

それは卯月が長い間望んでいたことでもあったし、大きな変化ではある。

だけど、実感はない。

もしかしたら悪魔なんていう話はただの冗談で、明日には佐田が死ぬかもしれない——そんな悪夢に魘《うな》されることがまだある。

悪魔になったという実感が、目に見えればいいのに。

一度目が赤く染まったことがあったというが、それを見たのは佐田だけだ。

卯月は佐田の喜びようを目の当たりにしただけで、むしろ目が赤くなるほどの憤《いきどお》りを有耶無耶《うやむや》にされただけという気もする。

考えれば考えるほど不安とも不満ともつかない気持ちを燻《くゆ》らせて顰め面を浮かべた卯月に、呆《あき》れたように笑った佐田が言った。

「試してみるか？」

「は？　……何を？」

「悪魔になったかどうか、確かめたいんだろう」

膝に跨った卯月が見下ろした佐田の表情は、悪企みしているそれだ。

なんだか嫌な予感がするから突っ撥《ぱ》ねてしまいたいが、確かめる方法があるというなら興味もある。

「他人に迷惑かけるような方法じゃないから安心しろ」

戸惑《とまど》った卯月の表情を何と勘違いしたのか、佐田が付け加えた。

別に人を操ってみるだとかそういう方法だとは咄嗟《とっさ》に思いつかなかったが、とはいえ他人に迷惑をかけるのでなければ試してみてもいいかもしれない。

それでもニヤニヤと意味深な笑みを浮かべた佐田に一抹の不安を覚えながらも、卯月は曖昧《あいまい》に首肯した。

「それって、……すぐにわかるものなのか？　それとも、」

言い終えない内に視界が反転して、卯月は目を瞠《みは》った。

あっと声を上げる間もなく佐田の膝から引きずり降ろされたかと思うと、卯月の体はベッドに沈んでいた。

繋いだままの手も佐田の胸についていた手も両方とも頭上で拘束される。間を置かずのしかかってきた佐田の美しい顔が、天井を遮《さえぎ》って卯月の視界を覆った。

「また孕《はら》めばとかなんとか言うんじゃないだろうな」

卯月がわざと大袈裟《おおげさ》に呆れてみせると、佐田が喉《のど》を低く鳴らして笑った。

余裕があるように見せかけただけで、実際は動揺していた。それを見透かされているようでかっと体が熱くなってくる。

佐田の掌が、卯月の腕を滑り降りて腋《わき》を撫でる。

「……っ、」

ぞくりとわななきが背筋を走って、肌が粟立《あわだ》った。

まさか本当に性行為で有耶無耶にされるのだろうか。

そもそも悪魔になったというのだって、何の儀式めいたこともなかったからこうして不安に感じているんだというのに。

佐田に肌を撫でられるだけで体は勝手に熱くなる。しかし誤魔化されるまいとして卯月が仰いだ顔を睨みつけると、佐田が双眸《そうぼう》を細めて笑った。

脇腹をなぞった指先が胸を上がり、左の乳首をシャツの上から掠《かす》めた後、鎖骨までのぼってきた。

いつもとは違う佐田の愛撫《あいぶ》に焦れったさこそ感じても、悪魔であることの確認などできそうにもない。

「あのさあ、あんたにとってはどうでもいいことかもしれないけど、俺にとっては重要な——」

さっきまでの動揺も落ち着いて、今度こそ本当に呆れた卯月が拘束された腕を振り解こうと力を込めると、存外に強い力で押さえつけられた。

驚いて佐田の顔に目を瞠《みは》ると、その瞳の色がほんのりと赤みを帯びている。

唇には凄艶《せいえん》な笑みを浮かべたままで、激昂《げっこう》しているようには見えない。ただ卯月の上に落ちた佐田の影に、悪魔の角が見えるようだ。

卯月は思わず言葉に詰まって、身を竦めた。

「俺にとっても重要なことだ」

甘く、蕩《とろ》けるような声で佐田が囁《ささや》く。

悪魔というのは人間を堕落させ、罠《わな》にかけ、魂を汚れさせて美味《おい》しく頂く存在だから、そのために声は甘く、容姿は美しくできているのだと佐田に聞いた。

だとしたら、初めて会った時から今でも変わらず佐田の声に惹《ひ》かれてしまう卯月は、まだ捕食される側の「人間」だということになりはしないか。

少なくとも卯月が他の人間を惹き寄せられるような存在になったようには感じない。

「だ、だったらちゃんと……」

「だから、確かめるって言ってるだろう？　お前がこの先もずっと、俺と一緒にいられるのかどうか」

薄く笑った佐田の掌が鎖骨を撫で、それからゆっくりと——卯月の首に回った。

「っ、!?」

反射的に抵抗しようとするが、両手は押さえつけられたままだ。躊躇《ちゅうちょ》なく佐田が体重を乗せてくる。

「う、……つぁ、佐田、さ……っ！」

シーツを蹴り、身をよじる。しかし佐田の体がのしかかっているせいで思うように動けない。夜毎の行為の最中は感じたこともない重みを感じる。佐田の体がまるで石のように重量を増しているようだ。

「ぁ、……ッは、や、め……っ、なんの、っつもり……っ！」

体を波打たせ、ベッドを軋《きし》ませて身動《みじろ》ぐ。

佐田の長い指に的確に卯月の頸動脈《けいどうみゃく》を押さえられて、頭に血が上っていく。暴れるほど苦しくなっていくのがわかっていても、おとなしくしてはいられない。

「悪魔は死なない」

血管を押さえられながら、掌で喉骨を圧迫される。気管が狭まり、酸素が回らなくなってきた。

卯月は充血した目を見開いて、頭を振ろうとした。だけどそれすらも叶わない。

悪魔であるかどうか確認するために首を絞められて、もし卯月が死ねば「悪魔じゃなかった」と佐田に捨て置かれるのか。卯月がこの先一緒にいられない、ただの人間なら、死んでも構わないのか。

首を絞め上げる佐田の力の強さは、そう思わせるには充分なくらい躊躇がない。

「——……つぁ、……ぅ、ぐっ……！」

目を瞑《つむ》ると、目尻《めじり》が濡れた。

呼吸ができない。歯を食いしばって無我夢中で片腕を佐田の手の下から引き抜くと、喉を掻き毟《むし》る。以前も、死にたいと言いながら死ぬ勇気もないと嘲笑われて首を絞められたことがあった。だけどそのことを懐かしく思える余裕も今はない。

佐田は本気で、卯月を殺そうとしている。

嚥下《えんか》できない唾液が唇から漏れる。噛み締めた唇が冷たく感じてきた。

「佐、……た、さ……っ」

爪を立てても、卯月を締め付ける佐田の手は一向に緩もうとしない。

瞼の裏が白んできた。

シーツを蹴っていた足にも思うように力が入らなくなって、自分の意志とは裏腹に断続的に痙攣《けいれん》してしまう。

死にたいと思っていた。

佐田に出会って、殺されるなら佐田にと思うようになった。

本当は死にたくなんてなかった。だけど生きていれば大切な人を失うことになる。それが、次は佐田かもしれないと思えばやっぱり死ぬしかないと思った。

佐田のそばで生きる術があるなら、こんなに幸せなことはないとも思った。

佐田に出会うために自分は今まで生きてきたのだろうとさえ思えた。

だけどもし、悪魔になれたなんて思ったのがただの勘違いだったら。

自分は死ぬのだろうか。

佐田の望む悪魔になれなかったせいで。

「――……っ、」

びくん、と体が大きく痙攣した。

佐田に圧迫された喉骨がごとりと落ちるのと、卯月が意識を手放すのとではどちらが先だろうか。

佐田を引っ掻いた手がシーツの上に力なく落ちる。

「……はっ、相変わらずお前は変態だな」

力の入らなくなった肢体《したい》を沈めた卯月の腕を離して、佐田が不意に股間《またま》を弄った。

「っ、！」

瞬間、どっと体が熱くなって卯月は閉じた目を見開いた。

遠退いていた意識が戻ってきて、妙に冴え冴えとした気分だ。まさに、生き返ったかのような。

「首絞められておっ勃《た》ててるなんてな」

佐田の後ろ手に探られた下肢《かし》は、確かに隆起していた。

触れられるまでは自分でもわからなかった。思うように呼吸のできない焦りと恐怖で、それどころじゃなかった。

だけど、今は。

「ぁ、あ……あっ、やめ……っ！」

さっきまでの頭が割れそうなほどの息苦しさがなくなっている。佐田の手はまだ首に巻き付いているというのに。

「下着の中までぐちょぐちょだ」

愕然《がくぜん》と目を瞠った卯月の唇から漏れた泡を舐め取りながら、佐田の手が性急に下肢を掻き上げる。下着も寝間着も着けたままなのに、糸を引くような粘ついた水音が響く。卯月のはしたない蜜《みつ》が染みだして佐田の手を濡らしているのだろう。

今まで感じたこともないくらい鮮明になった意識の中で性感を高められると、卯月は呼吸もできない唇を大きく開いて仰け反った。

「ぁ、あ――……っ佐、田さ……やめ、っえ、――っ……!」

意識がトびそうだ。

シーツを掻き毟って身をよじっても、さっきまでのように体が力を失っていく感じがない。血流が遮られて末端は冷たくなっていくのに、佐田に触れられた熱芯だけが焼けつくようだ。

心と体、体と劣情が佐田によって力づくで無理やり引き剝《は》がされていくような感覚に陥って、卯月は嬌声《きょうせい》を上げた。

殺されながら凌辱されるなんて、そんなことで興奮する自分を認めたくない。

これは夢だ。

佐田に首を絞められたあの日に見た、みだらな夢を再び見ている。

「ほら、イけよ」

息を詰め、全身を痙攣させながら目の焦点さえ合わなくなった卯月の耳元で佐田が艶めかしく囁く。

死を超えて体が麻痺しているような、逆に五感が全て過敏になったような不思議な感覚の中で佐田の甘い声だけが卯月を包み込んでいく。

「――俺の可愛い淫魔《インキュバス》」

佐田が低く笑いながらそう言って、卯月の濡れたものを握りしめた。

その瞬間、大きく体を仰け反らせて――気付くと卯月は、絶頂していた。


「イ、あ……っは、もう、やめ……っ佐田さ、……っもう、止まんな、……っ」

ベッドが力強く軋む。決して狭くない寝室に荒い息が籠《こも》って、窓が結露している。

さっきシャワーを浴びてきたばかりの佐田の熱い胸板には汗が滲んで、寝間着を剝ぎ取られた卯月の体もしとどに濡れていた。汗なのか唾液なのか、何度も噴き上げた精液なのかはわからない。

「やめてくれ？　こんなにナカを痙攣させておいて、よくそんなことが言えるな」

卯月の両脚を高く抱え上げて真上から腰を落とした佐田の剛直は萎《な》える気配がない。

首を絞められた卯月が失神するかというほど深い快楽の中で達すると、佐田はその白濁を背後に塗りつけて乱暴に挿入してきた。

とはいえ数時間前も繫がっていた体だ。肉体的には負担が少なかったものの、異常な性的興奮の直後に熱い性器を突き立てられて強引に掻き回されると、頭がどうにかなってしまいそうだ。

強すぎる快楽から卯月が本能的に逃げ出そうとすると、爪の伸びた悪魔の手で乱暴にベッドへ縫い付けられた。と、摑まれた肩に焼けるような痛みを伴って爪が皮膚を食い破ってくる。

痛い、と悲鳴じみた声で訴えても佐田は聞き入れやしない。

それどころか肩から滴る鮮血に唇を押し当て、血を吸い取られる始末だ。しかし肩口で佐田が音をたてて喉を鳴らすと、卯月はまたどうしようもなく絶頂に押しやられた。

「ぁ、あ……ッそんな、嘘、だ……こんな、こんな……っ」

腰から下がガクガクと大きく震えて、自分でも制御できない。二度目だというのに勢いよく大量の精を噴き上げた卯月は大きく開いた唇から荒い息を吐き出して、放心状態にあった。

「悪魔は死なない。殺そうとしたって、そう簡単に死ぬもんじゃない。心臓を貫いても、脳天撃ち抜いてやってもいいぜ。それが、お前が悪魔になったって証拠だ」

確かに、卯月は佐田の腕で絞め殺されて死んでもおかしくなかった。人間だったら死んでいただろう。

普通なら死ぬようなことをされても平気でいるのが悪魔になったという証拠なら、この背徳的な快楽は何だ。

乱れた髪の間に悪魔の角を生やした佐田は、笑っているかのように弛緩《しかん》した唇から荒い息を弾ませて卯月の体を反転させた。ベッドにうつ伏せにされて、腰を高く引き上げられる。発情した獣のような格好で背後から貫かれると、卯月は声にならない声を上げてシーツを掻き寄せた。

佐田の猛々《たけだけ》しい性器が角度を変え、卯月の柔らかな最奥を突いてくる。

腰を乱暴に摑まれて引き寄せられると卯月の自由がほとんど利かない。逃げようとしても佐田の強い腕に腰を押さえつけられてしまう。

「どうだ？　怖いか、恐ろしいか？　死にたくなったか？」

腰のぶつかる音と、佐田が出て行く時の卑猥《ひわい》な水音が響く合間に、佐田の押し殺したような低い声が聞こえる。

背後から卯月を犯す佐田の表情は見えない。

だけど佐田は自分が悪魔だということを明かした時も、この姿が恐ろしいかと聞いた。

今まで長く生きてきた中で、佐田は人々に恐れられたことがあるのだろうか。あるいはもしかしたら、卯月にそんな思いをさせたくないという気持ちもあるのかもしれない。だから、卯月を悪魔にすることを渋ったのだとしたら。

「後悔してるのか？　――悪魔になったことを」

うなじに寄せられた佐田の声が悲痛なものに感じられて、卯月は胸が締め付けられるように感じた。

ゆるゆると首を振った卯月は、佐田を振り返りたがって身をよじった。シーツを握りしめた腕を背後に伸ばす。今度は佐田も卯月を押さえつけることなく、剛直を深々と突き挿れたまま体を反転させた。

「後悔なんて、してない……っ俺が、あんたと生きるって、決めたんだから」

生理的な涙の浮かんだ目で睨みつけた佐田の表情は、卯月が想像していたよりもずっと苦しそうに見えた。

首に手をかけて、その顔を引き寄せる。

肩からはまだ血が溢《あふ》れているし、絞め上げられた首も息苦しさがある。悪魔は死なないと言ったって痛みはあるし、苦しさは感じる。

卯月が力の入らない腕で引き寄せた佐田の顔を胸の中に抱きしめると、肌を擽《くすぐ》るような吐息を感じた。笑われたのかもしれない。

「お前の首を絞めるような男に、よくそんなことを言えるな」

少しの間じっとしていた佐田が、またゆっくりと抽挿《ちゅうそう》を始める。そうしながら抱き寄せた胸を啄むように吸い上げられると、卯月はぶるっと震え上がって佐田の乱れた髪に指を梳き入れた。

「あんたと生きられないならあんたに殺されたかったんだし、……っそれで、いい」

激しく突き上げられるのと違って、まるで慈《いつく》しむように体内を撫で上げるような腰の動きに背筋がわなないてしまう。歯の根が合わない唇を何度も噛み直しながら、卯月は腕の中の佐田の頭に頬をすり寄せた。

その唇が悪魔の角に触れると、佐田の背中がぴくりと震えた。

気のせいだろうか。

卯月は唾液に濡れた唇を薄く開くと、ゆるやかな曲線を描いた角に舌を伸ばした。

「俺に殺されたかったなんて、初耳だな」

ざらついた角を舌先で舐めとると、驚いたように佐田が顔を上げた。あまりに過敏な反応で、卯月も思わず目を瞬かせた。と同時に、卯月の中の佐田自身も反応を示したような気もする。

卯月は手をかけたままの佐田の髪を撫で上げると、角に指を這わせた。

「そりゃ、お前はずっと死にたがっちゃいたけど」

角を撫でられると、擽ったさを堪えるような苦々しいような、複雑な表情を浮かべた佐田が首を竦めた。それがなんだか可笑しくて、卯月は角の付け根から先端まで、舐めるように指先を滑らせた。と、卯月の中の剛直が腹の内側を叩くように反応した。

まるで自分が佐田の劣情を誘っているようだ。卯月は初めて主導権を握ったかのような気持ちを覚えて、愛しさが胸を突き上げてきた。

「死ぬしかないとわかってはいても、死ぬのは怖かった。でもあんたに殺されるなら、……気分いいような気がしたんだ」

いつからそう思うようになったのかは自分でもわからない。

最初は、この男なら犯罪者にしてもいいだろうと思っただけだったのに。いつの間にこんな気持ちになっていたんだろう。

思い返すとなんだか可笑しくなってきて、佐田の角を引き寄せながら卯月は小さく笑った。それを一瞬訝しげに見下ろした佐田も、引き下げられた顔を寄せて笑う。

「気分いい、じゃなくて気持ちいいの間違いだろ」

額を合わせて卯月を覗きこんだ佐田の瞳は血の色と同じ色に染まっていた。その眼を見るだけでゾクリと背筋を震わせた卯月の足を抱え直して、佐田が大きく腰を引く。

「違……っ、あんたってホント、そういうこと、ばっか……」

先端の括《くび》れを入口に引っ掛けるようにして腰を止めた佐田を睨みつける。佐田が瞼を半分落としてにやりと笑った。

もう何ヶ月も毎日眺めているのに、いくら見ても嫌味なくらいによく整った顔だ。

「死ぬほど気持ちヨクしてやるよ」

赤い目が妖しい光を帯びる。それに見惚れた瞬間、大きく引かれていた腰が勢いよく突き入れられて、卯月は背を反らした。

「ぁ、――……っぁあ、あ……！」

そのまま先端の押し当てられた奥を抉るように掻き回されると、卯月は目を瞠ってベッドから腰を浮かせたまま呼吸もできなくなった。

体に電流が走っているようだ。甘美な痺れに支配されて、無意識に甘く鼻を鳴らしてしまう。

「うん？　どこが気持ちいんだ、言ってみろ」

「知、らな……っぁ、あ、っあ、ぁ――……っ、あ、あっ」

小刻みに腰を揺らされながら、仰け反って無防備になった胸の上を吸い上げられると卯月はまた大きく体を弾ませて、佐田の背中にしがみつきながら身をよじった。

逃げたいんじゃなくても、どうしても体が動いてしまう、じっとしていられない。

「知らないってことはないだろ、いつまでも素直になれないやつだな」

腰を摑んだ佐田の手が下って、大きなものを銜え込んだ卯月の双丘の谷間に指先を滑らせる。佐田の先走りなのか、それとも先に塗りつけられた卯月のものなのか濡れた結合部をなぞられると、それだけで卯月は息をしゃくりあげた。

「ぁ、あ……っだめ、佐田さ……っそこ、なんか、変……っ」

押し拡げられた蕾から腰に向けて、擦るように指先が何度も往復する。佐田の指の下からむずむずとするような、今まで感じたことのない擽ったさとも快楽ともつかない感覚が生まれて、卯月は佐田の腕にしがみついた。

「ん？　気持ちいいだろ」

卯月が腕に爪を立てても佐田は笑っている。その唇が胸から耳朶《じだ》に上がってきて、耳の穴を擽る。その間も濡れた肉襞を掻き上げる腰の動きは止まらない。卯月は寄る辺もなく、自分でもどうしていいかわからなくなって熱くなった瞼をぎゅっと強く瞑った。

こみ上げてくる。何かが。

「ぁ、あっ……嫌、だ……っなんか、――……っなんか、出……っ！」

どっと強く、心臓が跳ねた。

いつも感じる射精感とは違う。もっと大きな開放感に卯月が息を詰めると、次の瞬間、佐田の手が双丘から離れた。

「ぁ、――……え……？」

おそるおそる、眼を開く。

そこは見慣れないものがあった。毛の少ない獣の、長い尻尾のようだ。先端が太くなっていて、ぴくぴくと揺れている。

先端から視線を滑らせていくと、その付け根はベッドの下に隠れている。

卯月は、目を瞬かせた。

「これでもお前も一端《いっぱし》の悪魔だな」

ふは、と息を吐き出すようにして笑った佐田はやっぱり、嬉《うれ》しそうだ。その顔は行為中のせいか紅潮していて、まるで少年のように無防備に見える。

卯月がちょっと意識をやると、思った通りに尻尾の先端が揺れる。それはまだ真っ黒というよりはグレーがかって見えるし、生えてきたばかりだからか濡れているようだ。それが妙に艶めかしく見えた。

「佐、田さん……俺、」

佐田の頭に角が生えるように自分の体にも悪魔である証が形として現れたのかと思うと、戸惑いつつも嬉しさで胸がドキドキと打ってくる。

間近な顔を仰ぐと、佐田が双眸を細めた。

「これで、今更嫌だと言ってもお前は俺から離れられないぜ？」

強い言葉とは裏腹に優しい佐田の表情を見つめていると、卯月は泣きたくなるような衝動にかられて、その首に両腕を回した。

「……そんなの、お互い様だ」

悔しまぎれに言い返した卯月の言葉に佐田は小さく笑うと、再び腰を大きく弾ませ始めた。

「あ、っ……佐田さ、……っ俺、もう、……っイき、た……！」

執拗《しつよう》に抽挿を続けられた卯月の中は既にぬかるみのように濡れそぼっている。その中で佐田の熱いものが動くと、そのたびに下腹部が痙攣して、射精感を抑えられない。

「――あぁ、俺もだ」

首を引き寄せられて顔を伏せた佐田が囁くと、吐息が卯月の唇を擽った。それを吸い取って自ら口付けようとすると、不意に佐田が顔を逸らす。

「っ、佐田さん……っ」

キスしたい、なんて言えるはずもない。いくら素直じゃないと言われても。

だけど今にも達してしまいそうな快楽の中で、互いの唇を貪るように求めあいたいという欲求が突き上げてきて我慢できない。

「佐田さん……っお願い、だから……っ」

そんな気持ちはお見通しのはずなのに、口付けをねだる顔を楽しそうに見下ろした佐田が卯月の揺れる尻尾に手を伸ばした。

体を揺さぶられるたびに揺れて、佐田のものを感じるたびに震えてしまうそれを摑まれると、卯月は竦み上がった。

佐田がくっと喉の奥を鳴らして笑う。

「ぁ……あ、何……や、嫌、だ、っ」

まるで、今にも弾けそうな性器を握られたみたいなゾクゾクとしたわななきが卯月の足の先から頭の天辺までを走って行く。

「一緒にイこうな、卯月」

佐田が大きく腰を引く。

またすぐに激しく突き上げられるのかと思うとそれだけできゅうっとひとりでに体が収縮して、切なくなってしまう。

優しく握った卯月の尻尾を引き寄せて、佐田が唇を近付けた。

「ぁ――……っ待って、そ、……っだめ、佐田、さ……っ！　そこ、は、……っ！」

嫌な予感がして泣きじゃくるような声を上げても、佐田がやめるはずもない。

形の良い唇を見せつけるように大きく開いた佐田が、先端の膨らんだ卯月の尻尾を舌で舐め取るようにして口に含んだ。

「――……っぁ、あ――……っ！」

ガクガクと腰を揺らして目を瞠った卯月の中を佐田が深く突き上げてきて、熱い迸《ほとばし》りを噴きつけてくる。

尻尾の先から、佐田に穿たれた背後から抗いようのない快楽を流し込まれて、卯月は佐田の背中に爪を立てながらしばらく、失神してしまうまで長い間大きな絶頂の波に攫《さら》われていた。

＊　　　＊　　　＊

「兄さん、おはようございます！」

九階の事務所に、青山《あおやま》の大きな声が響き渡る。

時刻は既に正午を回っていて、おはようというのには抵抗のある時間だ。

卯月はただ佐田のそばにいるというだけでは気が引けて、佐田の組の事務仕事を少しずつ手伝うようになっていた。

佐田グループは全部で五つの関連会社があり、それらを取りまとめている株式会社はほとんど浅井《あさい》が一人で回しているような状態だった。

今まで一つのところで長く働いたこともないし、事務仕事が初めてな卯月に務まるものかと最初は不安だった。しかし卯月の他の社員は青山や長谷川などほとんど名前を連ねているだけのようなもので、浅井にしてみれば卯月のような働きでも充分なようだった。

それがたとえ、前の晩に佐田から執拗な行為を強いられて出勤するのが昼を過ぎてしまうような従業員であっても。

「青山くん、おはよう」

卯月が挨拶を返すと、青山がぱあっと顔を晴れやかにさせて駆け寄ってきた。

事務所に他の従業員の姿はない。だいたい外回りか、自由な時間に出社するような人間しかいないので、当たり前の光景だ。

中でも青山は真面目に出勤しているように感じるが、それも卯月が働くようになったからだと佐田は言う。

「浅井は？」

勢いよく駆けてきた青山を遮るようにして、佐田が欠伸《あくび》を漏らしながら卯月の前に歩み出た。

「あ、社長いたんすか」

「殺すぞ」

視界が一瞬にして佐田の背中で覆われた卯月の目の前が、不穏な空気になる。

とはいえそんなのも日常茶飯事だ。

「俺も浅井さんに昨日の伝票確認してもらいたいんだけど」

「浅井さんなら一時間前に銀行に行ったんで、もーすぐ戻ってくると思います」

「青山、お前この俺に喧嘩《けんか》売ってんのか？　いい度胸だ」

佐田の体を避けて卯月を覗きこんだ青山の胸ぐらを掴んで、佐田が引き戻す。

青山が懐いてくれていることを、身近な人を亡くす心配がなくなった卯月としては嬉しく感じているのだけど、それが佐田には面白くないらしい。

まるでおもちゃを取り合う子供ですね、と浅井も言っている。それを聞いた時卯月はしばらく笑いが止まらなかった。自分がおもちゃ扱いされてるのだから笑っている場合ではないかもしれないが、子供のようにムキになる佐田を見ていると思わず可笑しくなってしまう。

「あれ、兄さん」

呆れたふりをして佐田の背後から抜け出し自分の机に向かった青山が、いまだ佐田に胸ぐらを掴まれながら目を瞬かせた。

回転椅子を引いて腰を下ろす前に振り向くと、眉間に皺を寄せて目を凝らした青山の視線は、卯月の首元を見つめていた。

「それ、……痣《あざ》すか？」

「！」

反射的に、首を押さえる。

肩の爪痕は朝になるとすっかり血が止まっていた。それどころかうっすらとピンク色の新しい皮膚が張っていて、佐田によるとこの驚異的な新陳代謝こそが悪魔が死なない理由の一つだということだった。

だけど、首を絞め上げられた痣は残っていたらしい。

本気で殺そうとして絞め上げた鬱血《うっけつ》の痕だ。朝、鏡を覗いた時に気付くべきだった。

「……社長、あんた兄さんにどんなプレイしてんすか」

青山が露骨に顔を顰めて佐田を睨みつけると、卯月のほうがいたたまれなくなってくる。

プレイどころかあれは立派な殺人だった。だけどそれで興奮してしまったのも事実だ。

卯月がそんな変態だと知ったら、青山はどんな顔をするだろう。

「俺と卯月がどんなふうに楽しもうと勝手だろう。お前には関係ない。あれは、俺のものだ」

あれ呼ばわりかよと言い返してやりたいが、気恥ずかしさで蹲《うずくま》りたい気持ちを抑えるので手一杯だ。

シャツの襟を立ててせめて首元を隠しながら顔を伏せた卯月の視界の端で、青山が胸ぐらを摑む佐田の手を振り払ったのが見えた。

本気でやりあえば青山が佐田の足元にも及ばないのは明白だ。だけど佐田が青山を気に入っていることも卯月は知っていた。

普通の人間が佐田の腕を振り払ったりしようものなら、次の瞬間、事務所の壁は血で染まっているに違いない。

「兄さんがそれを望んでるならいいすけど、社長が無理やりやってんなら許しませんよ」

青山と佐田が本気でやりあうことはないだろう。そう思っていたが、青山の様子がちょっとおかしい。

卯月は少しばかり心配になって、二人の様子を仰ぎ見た。

幸い、佐田は不敵な笑みを浮かべたままだ。それが余計青山の神経を逆撫でしているようではあるが。

「許さない？　許さなきゃなんだって言うんだ」

「大体兄さんがここにきたのだって、社長が無理やり連れてきたんじゃないすか！」

それは確かに、その通りだ。

卯月が机に肘をついて苦笑を浮かべると、佐田がちらりとこちらを一瞥した。

「社長が兄さんを大事にしないなら、俺が兄さん取っちゃいますからね！」

佐田の視線を遮るように体を滑り込ませた青山が、高らかに声をあげた。

卯月は思わずその背中を仰いで、目を瞬かせた。

取る、というのがにわかには理解できない。

確かに浅井が言うには二人に取り合いをされている格好のおもちゃのようだったが、卯月が青山の物になるなんて想像もできない。

「俺、本気ですから！」

くるりと踵を返した青山が、机に着いた卯月の前に膝をついて無垢な目で見上げてくる。

ぎょっとして、卯月はしばらく固まってしまった。

卯月の悪魔の尻尾は、朝になるとすっかり身を潜めていた。佐田の頭の角が普段は見えないように、卯月の尻尾もいつもあるわけじゃないのだろう。

もし青山にも尻尾があるとしたらきっと秋田《あきた》犬のようなフサフサの尻尾だろう。まるで今にも目に見えるようだ。

青山のことを犬のようで可愛いと思いこそすれ、佐田の代わりになるかどうかなんてことは考えたこともない。多分この先も、考えないだろう。佐田の代わりなんていない。

「俺なら兄さんのこと、大事にします！」

卯月の手をとって真剣に誓いを立てる青山の言葉に度肝を抜かれて佐田を仰ぐと、まるで面白がるように笑っている。

青山がちょっと話しかけただけでむきになるくせに、こんなストレートな横恋慕をされても笑っている佐田の神経がわからない。

確かに青山なら、突然卯月の首を絞めたりはしないだろう。

理由も話さずに卯月を突き放すようなこともしないだろうし、何しろ隠し事も下手そうだ。いつも真っ直ぐで、全力で愛情表現をしてくれるかもしれない。今まさに、卯月の前に跪いているように。だけど佐田がいなければ卯月のせいで青山は命を吸い取られていたかもしれないし、そもそも出会うこともなかった。

佐田があの時、卯月を無理やり抱くことがなければ。

「卯月、浮気したけりゃしてもいいぞ」

「は？」

青山と卯月の様子をしばらく面白そうに眺めていた佐田が、手近にあった長谷川の席の椅子を引いて腰を下ろした。

安い事務椅子に掛けているだけなのに、佐田が長い足をゆったりと組むと不思議と絵になる。思わずその姿に見惚れそうになって、卯月は慌てて首を振った。

「浮気していいって、……社長、あんたほんとクズっすね」

あっけにとられた卯月の代わりに、青山がわなわなと震えている。

卯月の胸の中にはまるで重い石を突然投げつけられたような衝撃と、暗いものがたちこめてくる。

佐田と一緒に生きるために悪魔にしてもらって、毎日一緒にいるからといって、佐田にとって卯月とはその程度の存在だったのだろうか。

佐田のものだと何度も繰り返されはしたけど、だからといって卯月の自由がないというだけで佐田が許しさえすれば貸出は可能なのか。

青山が立ち上がって佐田に何やら文句を言ってくれているが、その声が頭に入ってこない。青山に握られていた手をぱたりと膝の上に落として、指先を見下ろす。

「別にお前が浮気したところで、五十年もすれば俺のところに帰ってくるだろう」

それはそうだ。青山がいつ卯月に飽きるか、あるいはいつまでも年老いない卯月を気味悪がって手放すかもわからないし、そうでなくても青山があと八十年も生きることはないだろう。佐田とは違う。

悪魔の寿命は退屈するほどに長い。それを知っている佐田だからこそ、そう言うのかもしれない。

逆を言えば、長すぎるこの先の人生を佐田は卯月と二人きりだけで過ごす気はないということだろうか。

「――……、」

何か言い返そうとして、卯月はまた口を噤んで俯いた。

卯月は、そのつもりでいた。

この先、今まで人と関われなかったぶん青山のような友達を作りたいとは思っていたけど、それでも卯月にとって佐田が特別であることは揺らがない。

佐田のことを愛しているから、他の人間に目移りすることなんて考えもしなかったのに。

佐田にとっては違うのかもしれない。

俯いた卯月の目頭が熱くなってきて、視界がぼやけてきた。

「ま、」

涙が溢れないように唇を噤んで顔を上げた卯月を見計らっていたように、佐田が言葉を続けた。頬杖をついて、澄ました顔で。

「俺は、お前が誰と浮気してようとお前以外に興味ないけどな」

「！」

目を瞬かせると、卯月の頬に雫がひとつ零れた。それを佐田がしょうがないやつだと笑う。笑われても、もう少しも嫌な気持ちにはならない。

「――……ほんとあんたって、性悪だよな」

それでも憎まれ口の一つも叩きたくなって卯月が顔を顰めると、佐田は青山をあっちへ行けと追いやった手で卯月を手招いた。

苛つくくらい人の都合を考えないし、何でも見透かすくせに自分のことは話さない。ひどく強引で傲慢な男なのに、それでも卯月はその手に惹き寄せられて佐田の前に歩み寄った。

腰に腕を回されて、いつも不敵な表情ばかり浮かべている顔に無防備な笑みを零す。これも計算なら、卯月はまんまと悪魔の罠にかかっているということなんだろう。

「そりゃあお前より、悪魔として長く生きてるからな」

青山に聞こえないように囁かれると、その声で耳朶が熱くなってくる。卯月はそれを悟られまいとして、その余裕綽々《しゃくしゃく》といったふうな顔を睨みつけた。

「じゃあ俺も、いつかあんたをやきもきさせてやるからな。覚悟しろよ」

卯月はまだ悪魔として生き始めたばかりだ。いつかは、佐田を返り討ちにしてやる。

宣戦布告とばかりに言い返すと佐田は一度目を瞬かせたあと、卯月を抱く腕に力を込めた。

「楽しみにしてるよ。新米悪魔さん」

あとがき

こんにちは、茜花《さいか》ららと申します。早いもので、四冊目の著書となりました。ありがとうございます！

今回は担当様より「ヤクザとかどうですか～ダークな感じで！」とご提案いただいたので、私なりにダークなヤクザを書いてみました！　ダークってそういう意味じゃない！（笑）プロット時点での仮の名は「ファンシーヤクザ」でしたけども。

悪魔といえば西洋の方々なので（日本だと鬼？）カタカナのお名前ですが、マフィアじゃなくてヤクザさんなら日本人だよなーと思い。佐田《さた》は名だたる高名な悪魔さんのお名前をもじらせていただいております。「サタン」と「リュシフェル」で佐田・竜二《りゅうじ》……（笑）。

これに至るまで、いろんな悪魔のことを調べて「アスタロトが良い！」と思ったのですが、友人が「明日山《あすやま》・太郎《たろう》？」と言ったがためにもはやそれしか思いつかなくなって没にしました。おのれ……（笑）。

ちなみに悪魔候補のひとりとして「アザゼル」がいたのですが、それをもじった名前は他のキャラクターにつけました。誰が隠れ悪魔かお探しいただけますと幸いです。

あとがき

当初、青山《あおやま》は死ぬ予定でした。が、青山が出てきた瞬間「あ、駄目だこの子殺せない！」という作家本能《ぼせい》が働いて、生き残ることに……。

本作は非常に殺伐とした内容だったと思うのですが（拙著比）、一人でも死人を減らせてよかったなあと思う次第です。

卯月《うづき》もやさぐれた男の子なので、我ながら書いてる最中「これはダークなＢＬというよりハードピカレスクロマンなのではないだろうか……」と不安になりました……。

これはこれで好き、と感じられる方がひとりでも多くいてくださると幸いです。

さて、今回も至らない私にお力添えくださいました担当Ｏ様、そして美麗な挿画を頂きました白《びゃく》コトラ先生、ありがとうございました！　ラフで頂いた角つき佐田のかっこよさに悶絶し、新米アクマで卯月に角を撫でさせてしまいました……角、かっこかわいいです……！

何より、本書を手にとってくださいましたあなたに、最大の謝辞を。本当にありがとうございます。少しでも楽しんでいただけましたら幸いです。そして願わくば、また次の本でお会いしましょう。

２０１５年　１月　茜花らら

この本を読んでの
ご意見・ご感想を
お寄せ下さい。

〒151-0051
東京都渋谷区千駄ヶ谷4-9-7
(株)幻冬舎コミックス　リンクス編集部
「茜花《さいか》らら先生」係／「白《びゃく》コトラ先生」係

リンクス ロマンス

ヤクザな悪魔と疫病神。

2015年1月31日　第1刷発行

著者……………茜花《さいか》らら
発行人…………伊藤嘉彦
発行元…………株式会社　幻冬舎コミックス
〒151-0051　東京都渋谷区千駄ヶ谷4-9-7
TEL 03-5411-6431（編集）
発売元…………株式会社　幻冬舎
〒151-0051　東京都渋谷区千駄ヶ谷4-9-7
TEL 03-5411-6222（営業）
振替00120-8-767643
印刷・製本所…株式会社　光邦
検印廃止

ISBN978-4-344-83338-8 C0293
Printed in Japan

幻冬舎コミックスホームページ　http://www.gentosha-comics.net